ダッシュエックス文庫

JN177917

棘道の英獣譚

野々上大三郎

序章

世界の気をつけ

Sekai no kiwotsuke

ibaramichi no eijutan

「負けて、いられないッ……」

傷だらけの青年は、左腕を突き出して起き上がり、吹き飛んだ右腕を作り直した。

その右腕は、樹木でできていた。

肩口から蔦《つた》や根、枝が伸び出し、編み上げるようにして腕を成す。

人間離れした樹腕《じゅわん》が、すぐ近くを転がっている、巨大な武器を摑《つか》んだ。

彼の背丈ほどもある、怪物じみた大鉈《おおなた》だ。

普通の人間では、支えることすら不可能な代物《しろもの》。

けれど彼は、満身創痍《まんしんそうい》の身体《からだ》で、易々と担《かつ》いでいく。

巨大な武器を伴《ともな》い、荒野を進む、ひとりの青年。

その表情は、わからなかった。竜を模《も》した仮面が、顔を覆《おお》っているのだ。それでも一つ、仮面から覗《のぞ》く瞳は、力強く輝いていた。頭上を彩《いろど》る星々よりなお美しく。

誰に命じられたわけでもないのに、青年はボロボロの身体で歩き続ける。

背筋を伸ばし、疲労も怪我《けが》もないみたいな毅然《きぜん》とした足取り。けれどその足下には、気概《きがい》では止められない血痕が、一筋の列を成していた。出血量からして、限界は間近のはずだ。

青年は、真新しい窪地《くぼち》の縁に立つと、そこで足を止めた。

窪地の底に横たわる、自分の敵を睥睨《へいげい》する。

九ヶ月。ずっと追いかけ続けてきた相手だった。

九ヶ月。人によっては短い期間かも知れない。


彼にとっては、どうだっただろう。

おそらく、「あっという間だった」と答えるはずだ。

けれど、平坦な道のりでは決してなかった。

その足跡を辿《たど》るには、長い時間を要するだろう。

彼の経験したことは、あまりに多く、しかも、それら全部がめちゃくちゃで、突拍子がなくて、常識外れだったから。そして、それら一つ一つが、平凡だった青年をここまで連れて来たのだから。何一つ、省《はぶ》いていいものはなかった。

それまでの十七年の人生を圧縮するより、下手《へた》をすると濃密な経験。

時間が掛かるのは、当然のことだ。

血に塗《まみ》れて、彷徨《さまよ》い歩いて、後悔をして、何度も何度も死んで、情けないこともたくさんあって、成し遂《と》げたことも少しだけあって、それでようやく、ここまで辿り着いた。眠りの魔女に見出《みいだ》され、彼女に導かれたから、誰にも負けない獣になった。

青年は、黙って見下ろし続けている。

報いのない結末だとわかっていて、「それでも」と言い続けるために。

追いかけ続けた敵が――傷だらけの白い竜が、窪地の底から彼を睨《にら》み返した。

二人の放つ緊張が、世界の隅々まで張り詰めていく。

野山の木々すら枝葉を黙らせ、押しては返す波までが、じっと息を殺している。そよ風は砂岩の陰に身を潜め、人々はわけもわからず、キッと口を噤《つぐ》んだ。

世界の産毛《うぶげ》が、逆立っている。

けれど、射殺すような二人の視線は、どこか楽しげだった。この瞬間、相手の目の前にいるのが、自分でよかった。そう、笑い合っているみたい。

その二人から、遠く離れた樹木の上。萌葱《もえぎ》色の髪を持つ少女は、静かに瞼《まぶた》を落とした。祈っているのではない。祈られることはあっても、彼女は祈る対象を持たなかった。

眠りの魔女は、ただ待っているのだ。

五〇〇年越しの幕引きを。それが、どのような情景を描くのかを。

決定的な瞬間を見逃さないよう、今は瞳を休ませる。

窪地の竜が、翼を広げた。

樹上の魔女は、虹の瞳を輝かせる。自分の獣を見届けるために。

これは、物語の終わる直前の光景だ。

向かい合う両雄の間に言葉はなかった。
語るべきことは、すでに語り尽くしている。
彼らが求めるのは、あとはもう、たった一つの事柄だけだ。
自分の方が強い――それを証明する、勝利という結末だけだった。

青年の名は、ライザー・ゲフォン。

ただのひとり、至上の竜に牙を剝《む》いた、小さな獣の物語。

第一章

棘の森

Odoro no mori

ibaramichi no eijutan

軍に入隊して半年。

それだけいれば、流石《さすが》にわかってしまうものだ。

足並みを揃《そろ》えて走るより、大声で剣を振り回すより、自分は座学《ざがく》に向いている。もしくは、時計台でやっているような、手先の器用さを求められる仕事とか。

誰かと競い争ったり、協力したりするより、そういうひとりで積み上げる作業の方が、本来の適性であるらしかった。あとは単純に、運動神経が悪いというのもある。

つまりはまあ、戦闘には向いていない。

ライザー・ゲフォンは、自らの現状をそう評価する。

そう評してなお、今でも剣を振るっていた。健気《けなげ》なのか、馬鹿なのか。意見のわかれるところだろう。妹分なら「意地っ張り」だと呆《あき》れるに違いない。

なんであれ、やることは変わらない。

「せやッ！」

短い呼気に合わせ、訓練用の木剣を振り下ろす。

迎え撃つ剣が、ライザーの一刀を受け流し、上から押さえ込んだ。ライザーは手首を返して押さえから逃れると、半身を庇《かば》いつつさらに打ち込む。

しかし、今度の打ち筋はやや甘かった。強く弾き返され、体勢が崩れる。

戦いを決しかねない、致命的な一瞬が生まれた。

すかさず、胴を狙っての一薙《ひとな》ぎが、ライザーに迫る。けれど、焦りの見える一打だった。必中と呼ぶには、踏み込みが浅い。ライザーはそれを見逃さず、崩れた勢いのまま後転する。胴打ちは、手応えのない弧を描いた。やはり踏み込み不足。

今日、何度目かになる間一髪《かんいっぱつ》。

相手にとっては、何度目かになる打ち損じだ。

「……ちっ」

空振《からぶ》りの主は、小さな舌打ちとともに木剣を構え直す。

ゲイン・マンティゴア。

ライザーにとって旧知の友人だ。それも親友と呼べる間柄だった。

付き合いの長さから、腕の違いなどは、二人にとって自明のことだ。ゲインの方が、三枚は上手である。それでいて、勝負は長引いていた。ライザーの奮闘というより、ゲインの不調のためだろう。彼の剣は、本来の精彩を欠いていた。

ライザーは頬《ほお》についた砂利《じゃり》を拭《ぬぐ》いながら、ゲインを見やる。

呼吸の読める、余裕のない表情。

彼らしくもない、隙《すき》の窺《うかが》える構え。

つけ込むべき箇所《かしょ》、つけ込むべき瞬間が、ライザー程度にすら見えてしまう。万全の彼を知っていれば、比べるべくもない惨状《さんじょう》だ。不調の原因を知っている分、一層とやり切れない気持ちになった。そのせいだろうか。

ライザーの意識は過去へと、ゲインの背負った挫折《ざせつ》へと傾いていった。


——今から半年前のことだ。


ゲインは、ある機関への入隊試験を受けていた。

組織の名は、混沌《こんとん》狩り。

いかなる国家にも属さず、あらゆる国家で活動を許された、特殊な存在だ。

大陸で発生する、超常の災害・獣害への対処が、主な役割だった。

少数精鋭を旨《むね》とする組織だったが、人材の消耗《しょうもう》も激しく、不定期ではあったが、人員補充の手段として試験を行っていた。しかし、それも極めて狭き門といわれている。本部で行われる本試験はもとより、その前段階の審査も超難関という話だった。

混沌狩りへの入隊は、ゲインにとって一〇年来の夢だった。そして今年、三年ぶりとなる人員補充に際し、彼は本試験まで駒《こま》を進めていた。

残念ながら、結果は落第だったけれど。

しかし、単に不合格だったというだけなら、彼はここまで荒れなかったように思う。

十七歳という年齢を鑑《かんが》みても、本試験まで残ったという実績は、決して恥じ入るものではなかった。今後のことを考慮《こうりょ》すれば、次に繋《つな》がる成果と捉えてもおかしくはない。

そうだ。本来なら誇っていい。

その年の試験で、彼女さえ合格していなければ……。


「何をボケっとしてやがる」


苛立《いらだ》ち混じりの声。

ライザーは慌てて意識を切り替えるが、もう遅い。

左手首を狙った打ち込み。これを防がないわけにはいかない。

けれど、知っている。この一打は誘導だ。

本命はこれを防いだ後にある。迂闊《うかつ》だった。意識を逸《そ》らしたのは数秒だが、ゲインはその寸《すん》隙《げき》を見逃さなかった。この間合い、この瞬間においてなら、彼は必勝にまで手が届く。

やむを得ず、ライザーは右腕を引き、不格好ながら小手打ちを擦り上げる。

しかし、これでは右肘が開いてしまう。

ゲインの右腕が、蛇のごとき敏捷《びんしょう》さで右の二の腕に伸びた。

摑《つか》まれたと思った瞬間、腰が浮いている。振り抜かれるまま、背中を強打した。


「――うぐっ！」

ゲインの得意とする投げ技だ。

衝撃で少し、気道が詰まった。すぐには動けない。

仕方がないので、ライザーは晩冬の寒空を眺めながら、大の字で呼吸を整える。

今日はどうにか、受け身を取れた。おかげで後頭部は打っていない。運動音痴《おんち》なりの進歩である。けれど、視線を動かさなくてもわかった。喉元《のどもと》には、ゲインの剣がある。

自分はまた死んでしまった。

「そこまでッ！」

教官の濁声《だみごえ》で、ゲインは剣を納めた。続けて、空いた右手を差し出す。

もう一方の手は、申し訳なさそうに自分の頭を掻《か》いていた。

「その、悪いな、ちょっとやり過ぎた」

「いや、訓練中に気を抜く間抜けが悪いよ」

そう応じ、伸ばされた腕を取る。

戦いの終わった証《あかし》。仮初《かりそ》めの死の終わり。

起き上がる際、ライザーはそっと、ゲインの顔色を窺った。

親友が浮かべているのは、子供のころと変わらない、勝ち気そうな笑みだ。それを痛々しいと感じてしまうのは、穿《うが》ち過ぎ――だっただろうか。

○

訓練を終えると、ライザーは慣れた足取りで時計台へと向かった。

この時計台は、ライザーの祖父たちが管理している、巨大な機械式時計だ。街の権威を象徴するよう、中央議事塔《とう》の最上部に設置されていた。

ライザーは朝夕の二度、祖父の世話をするため、そこに通っている。

食事を運んだり、力仕事を手伝ったり、任されていることは多い。子どものころから出入りしているので、時計細工に関する仕事も、ある程度までは仕込まれていた。簡単な調整くらいなら、祖父と比べても遜色《そんしょく》ないほどだ。残念ながら、軍の仕事より適性があった。

ライザーは、馬車や通行人の行き交う、石畳《いしだたみ》敷きの目抜き通りを進む。

故郷であるベルトカインは、レリンカ豊国内でも交易拠点の一つとして数えられる、賑《にぎ》わった街だ。終業の鐘の後にもなると、大通りは活気で溢《あふ》れ返った。

人波は祭りのように騒がしく、露店からは薫香《くんこう》や食事の匂《にお》いが流れ出ている。異国からの品物も多く、原色の色鮮やかな織物《おりもの》たちが、雑踏を煌《きら》びやかに飾っていた。

交易都市特有のごった煮の街路。

ライザーは馴染《なじ》みの露店に立ち寄り、肉団子の入ったスープを買った。それを持参の容器に入れてもらい、別の店ではライ麦のパンを購入する。以上が、祖父の夕食になる。

そこからは人混みを避けるよう脇道に入り、最短距離で目的地に急ぐ。

人家の石壁に挟まれた、暗くて狭い裏路地。いくつかの洗濯物《せんたくもの》を潜《くぐ》り、右折と左折を一回ずつ、倒れた植木鉢《うえきばち》を跨《また》いで小径《こみち》を抜けた。すると、白亜《はくあ》の塔の付け根に出られる。西の空を見れば、時計盤を焼く夕日が、すでに半ばまで隠れようとしていた。

ライザーは受付を素通りし、重い金扉を押し開けて祖父の工房に入る。

雑多なものが規則正しく並ぶ、祖父の仕事場だ。机の上は勿論《もちろん》のこと、壁や天井まで工具や図面で埋まっていた。仕事に関するものだけ、ほどよく整頓《せいとん》されている。その反面、脱ぎ散らかした服や食い散らかした後などは、いつも通り乱雑に放ってあった。

目に付くものから片付けながら、室内を見渡す。いつもの机に祖父の姿はなかった。

「食事、持って来たんだけど？」

呼んでみたものの、返事もない。代わりに聞こえるのは、微《かす》かな話し声だ。

しんと耳を澄ます。話し声は、隣の休憩室からのようだ。

容器とパンを机に置き、作業部屋を横切る。半開きの木戸の隙間から、談笑する祖父の姿を認めた。話し相手は、誰だろう。戸の隙間からでは、覗《うかが》えない位置にいるようだ。木戸を押し開け、祖父を呼ぼうとして立ち止まる。

ライザーの視線は、祖父の隣へと吸い込まれた。

自分の目を疑うよう、繰り返し瞬きする。

西日の射す、明かり窓の側だ。祖父と笑い合う、懐かしい横顔があった。

「キリシエ？」

名前を呼ぶのと同時、ライザーは距離を詰める。

「あっ、ライ兄さん。お久し――」

肩を掴み、視線を走らせる。

そのまま、健康状態の確認に移行。

結果、血色は良好。肌つやもいい。背中に流れる特徴的な三つ編みも、枝毛一つないままだった。体格も痩《や》せることなく、太ることなく、やや筋肉質になってはいるが、大きな変動はなさそうである。背丈も相変わらず、自分の顎《あご》くらいまで。

しかしこの様子だと、胸部はまた大きくなっているかもしれない。下着をちゃんと新調しているのだろうか。身体《からだ》に合わないものを使うのは、今後の成長にもよくないと聞く。彼女は恥ずかしがって小さく見せようとするきらいがあるから、注意しなくては。後で確認するべきだろうか。けれどそれで以前、天を衝《つ》く勢いで怒られたことがあったっけ。あれは一体、何がいけなかったのだろう。兎《と》にも角《かく》にも、元気そうでよかった。

重要な確認作業を終えたところで、ライザーは半歩だけ距離を取り、改めて彼女と対面し直した。彼女の兄として恥ずかしくないよう、朗《ほが》らかに笑ってみせる。

けれど、彼女は眼鏡《めがね》越しの目を細め、困りものを見るような苦笑い。

こほん、と咳払《せきばら》いを一つ。何ごとだろうか。

「ええっと、兄さん。お久しぶりです。お変わりないようで何より、と言いたいところだったのですが、いえ、言ってしまいましょう。兄さん、女性に会って最初にすることが、『全身を舐《な》め回すように凝視する』というのは、いかがなものでしょう。兄妹同然に育ったといえ、流石《さすが》におかしくないですか、その、いろいろと?」

「妹の健康管理は、兄の使命だよ」

「ちょっと聞かない使命感ですが、何よりやり方の問題です、兄さん」

「そう思って触診《しょくしん》は避けてみたんだけど、そうか、ごめん、やっぱりやった方が……」

「なるほど、自重した結果が、これだったのですね、いえ、結構です、やめてください」

半年ぶりの再会だというのに、キリシエ・エピは額に手を当て項垂《うなだ》れる。

ライザーは「何か、到らなかったのかな」と申し訳なくなった。

ふと視線を横に流すと、蚊帳《かや》の外に追いやられた祖父が、呆《あき》れたように笑っていた。

○

「《棘《おどろ》の森》の共同調査か。うん、確かに志願したよ」

ライザーは、なるべく平静を装って答えた。

場所は時計台の最上部。始業と終業を告げる、大きな釣り鐘の下だ。

周囲には四本の柱があるばかりで、四方の壁は取り去られていた。そのため、視線を外に向ければ、ベルトカインの街を一望できる。特に今は、入れ替わる太陽と月を同時に楽しめた。西は煌々《こうこう》と燃えて、東は紫紺《しこん》の帳《とばり》を下ろすころ。その昔、キリシエが「一番好きな時間帯だ」と教えてくれた時間。けれど今、彼女は思いがけず苦いものを噛《か》んだような顔をしている。

春になり切れない風が、予期した以上の冷たさで二人に吹き付ける。

キリシエは寒さから身体を庇《かば》うよう、両手で襟元《えりもと》を正した。

その仕草で、ライザーは自然と襟端の刺繍《ししゅう》に目を引かれる。そこには、とある英雄の象徴である、黄金の太陽が描かれていた。有名な混沌狩りの意匠《いしょう》だ。

キリシエは眉《まゆ》を寄せてさらに難しい顔。「なぜそんなこと？」と言外《げんがい》に問うていた。

ライザーは軽い調子で答え続けた。

「ゲインが、志願したんだ。今のあいつ、放っておけないから」

「他人の心配ができる立場ですか？」

「友だちを心配するのに、立場がいるとは知らなかったな」

「強がりを言う余裕、兄さんにはないはずです」

キリシエが、声に怒気を滲《にじ》ませた。心配しながら怒っている。ライザーは、不謹慎《ふきんしん》だと思うものの苦笑した。妹に無用な心労を掛けている、自分の至らなさに笑うしかない。

その苦笑に何を思ったのか、キリシエは不本意そうに口を尖らせた。

ライザーは頰《ほお》を掻き、目を逸《そ》らす。

「まあ、危険なのは承知してる。実力不足も理解してるつもり。それでも、やるべきだって思うからさ。大丈夫。迷惑は掛けないよ。そんなことより、キリシエの方こそ、どうしてベルトカインに？　たった半年で、もう郷里が恋しくなった？」

「私が来たのも、共同調査のためです。参加するのは、混沌狩りとして、ですけれど」

言いながら、キリシエは制服の襟を引っ張った。縫《ぬ》い付けられた太陽の意匠が、斜陽を受けてそれらしく燦《きら》めく。彼女は半年前の試験で、その紋章を付けることを許された。

試験で実力を認められ、混沌狩りの仲間入りを果たしたのだ。

間違いなく、彼女は優秀だ。少なくとも、今の自分なんかより、ずっと。

けれど、ライザーにとっては今でも、彼女はまず何より《妹》なのだ。

「試験に受かってまだ半年だ。現場に出すには、早過ぎる」

「そうでもないです。それに今回は、見学のようなものですから。サバっ……いえ、私の上官さんが、実戦で教える主義なので」

「そう、まあ、それでも気をつけて。キリシエは優秀だけど、女の子だからね」

「相変わらず、兄さんは過保護ですね。私はもう、兄さんより強いんですよ？」

キリシエは、一人前の顔をして胸を張った。腕をまくり、力こぶを見せる。

それに応じるライザーは、可愛《かわい》い妹を見る顔で頭を撫《な》で回した。キリシエは、不当な評価を受けたよう顔を顰《しか》める。琥珀《こはく》色の双眸《そうぼう》を細めて、抗議の声を上げた。

「私はすでに大人の女性です。こういう扱いは不当だと思います」

「それでもキミは、ぼくの妹だろ？」

「この意地っ張り」

「胸を張れるもの、他にないからね」

そう自嘲《じちょう》すると、キリシエは輪を掛けて不服そうになった。「そんなこと、ないでしょ」と静かだが、強い口調で言い切る。ライザーはまたしても苦笑した。

自分が過保護なら、キリシエは過大評価なのだ。

こちらの反応に不満なのか、彼女は口惜しいような表情だ。

「つまらない意地なんか張っていないで、お爺《じい》さまの時計台を継げばいいのです。ライ兄さんには、何かと争うようなこと、向いていません」

「向き不向きだけでいえば、まあ、確かに」

「だったら――」

「それでも、頑張りたいからさ」

キリシエは、ライザーと目を合わせる。じっと見つめ合い、彼に折れる様子がないことを確かめると、がっくり肩を落とした。「処置なし」といった様子。

ライザーは微笑《ほほえ》んだ。なぜか満足げで、無駄に勝ち誇っている。

「忠告はしました。どうなっても知りませんからね」

そう残し、キリシエは踵《きびす》を返した。鐘の真下にある、階段に向かう。

その背中を見送りながら、ライザーは見計らったように言った。彼女が一番気になっていて、それでも尋ねられなかったであろう、ある事柄について。

「ゲインなら元気にしてるよ。まだちょっと、調子は崩してるみたいだけど」

彼女の足が、縫い付けられたように止まった。

後ろから見ていてもわかるくらい、耳が赤い。

「べっ、別にっ、聞いてないじゃないですか、そんなこと……」

キリシエは上擦った声で、そう答えた。そしてすぐ、階下へと走り去る。相変わらず、わかりやすい子だ。ライザーは半笑いで彼女を見送り、その後で嘆息《たんそく》を漏《も》らした。

キリシエ・エピ。

半年前の試験で、混沌狩りになった女傑《じょけつ》だ。

文武両道の才女。周囲からはそう思われていたし、事実、そうだとも思う。

しかし、ライザーは知っている。

本当は、ゲインに認められようと必死で足掻《あが》いて、誰よりも努力して、うっかり追い抜いてしまったというだけの、どこにでもいる十六歳の女の子だ。ゲインと離れたくない一心で、試験を受け、合格し、むしろそのことで離れてしまった。

頑張り屋で、なのにちょっと報われない、自分の可愛い妹分だ。

ライザーは塔《とう》の縁に腰を下ろし、視線をベルトカインの外に向けた。彼方《かなた》にある森について考える。あと数日に迫った、混沌狩りとの共同調査。それが、ゲインやキリシエにとって一つの転機になればいいと、そう思っていた。

○

ヌルワーナという、大陸がある。

陸地は南北に伸び、中程がやせる瓢簞《ひょうたん》形をしていた。括《くび》れた中央部には、花弁のように並ぶ五つの湖があり、大陸の南部と北部は、それらによって明確に区切られていた。

自然異産《棘の森》は、その北部に属する森林群だ。

自然異産――太古《たいこ》の植物などが自生している、今では数少ない地域。

旧《ふる》い時代の自然物たちは、世界の有り様を歪める《混沌》を作り出す。

この混沌が、厄介《やっかい》な代物《しろもの》だった。まず、無味無臭であり、視界に収めることも、器具を用いて正確に測定することもできない。ただ《ある》と信じられ、確かに《ある》らしき痕跡を残すだけのものだった。そして、これが《ある》だけで、世界は厄災《やくさい》に見舞われる。空気に溶ける混沌が増加する（正確には、増加したと思われる）と、常識では説明できない、異常な獣の出現や怪奇現象、奇病が生じはじめた。

過ぎし時代の置き土産《みやげ》。混沌災害の苗床《なえどこ》。

それが、自然異産と呼ばれる一帯だ。

棘の森は、その中でも別格の存在として怖れられてきた。

森の勢力圏は広大で、ヌルワーナ北部の約半分を占《し》めている。北部の東西を走るマーグランデ山脈がなければ、半分では済まなかっただろう。しかし、マーグランデの砦《とりで》も、完全なものにはなり得なかった。西端に切れ間があり、森の魔手は抜け目なくそこから伸び出ている。

混沌狩りは、古くから森への立ち入りを禁じてきた。

不用意な干渉によって、森の拡大を怖れたからだ。その甲斐《かい》あってなのか、黒い森は拡大することも、縮小することもなく、五〇〇〇年もの間、静かにそこにあり続けた。

問題は今、その棘の森が、長きに渡る沈黙を破り、拡大を始めたことだ。

森に近い農村では、すでに異常も報告されている。

無人になった村が、複数ヶ所。

その村に乱立する、黒い樹木。

そして、空想上の生き物であるはずの《竜》の目撃談。

「ここまでの事情は、すでに軍で説明を受けていることだろう」

軍の会議室。

ランプで照らされた室内で、混沌狩りの大男が、長い前置きを終えた。

男の名前は、サバルカ・ジャファフット。

混沌狩りの熟達者にして、《巨牙の灰狼》という異名で知られる、三十代後半の戦士だ。

灰色で感情の読み取れない瞳が、その異名の由来を思わせた。

人間の理屈などまるで通じなさそうな、切れ長で冷めた双眸。伸び放題の銀髪を乱雑にまとめているのも、溢《あふ》れ出る野性味に拍車を掛けていた。

サバルカは、壁に掛けられたヌルワーナの地図を指差す。ライザーやゲインを含む、ベルトカインの参加者一〇名が、彼の示す地点を注視していた。

「ここが、キミたちの住むベルトカインだ。そして、大陸西端にあった森の外縁が、今はここまで伸びてきている。ベルトカインからでも、馬なら約一〇日の辺りだ。無人となっている村々の位置は、赤いインクで示してある通り。そして今回、我々の向かう先が、今は森に呑《の》まれている——ここだ」

サバルカの指先が、地図の上を横滑りする。

新たに押さえたのは、先ほど地図で確認した森の外縁より、やや西側に入り込んだ場所。

そこには小さな文字で、グランニットと書かれていた。

「このグランニットが、おそらくは最初の被災地だ。何が起きているのか、どうして森が拡大をはじめたのか、ここでそれらを調べる。では、質問を受け付けよう」

そう言うと、サバルカは手近な椅子《いす》を引き寄せ、腰を下ろした。

参加者の一人が、真っ直ぐに手を挙げる。

サバルカが視線で促すと、鷲鼻《わしばな》の彼は、おっかなびっくり立ち上がった。

「その、混沌狩りからは、お二人だけの参加なのでありますか？」

質問者は、サバルカとキリシエを交互に見ている。

サバルカは、定型文を読み上げるように答えた。

「混沌狩りは、基本二人一組で活動している。それは今回の調査も変わらない」

「ええっと、それは、どうしてなのでしょう？」

「二人なら、一方が死んでも情報を残せるからだ」

サバルカは、無表情に告げる。

理屈の通じない灰色の瞳は、事務的な声でさらに続けた。

「また何らかの事情で全滅した場合でも、被害は二名で抑えられる。自然異産は、本質的に予測も制御も、不可能な領域だ。事前の対策は、あまり意味を成さない。被害と成果の釣り合いを取ろうとした結果、こうなった。以上だ」

質問者は、彼の口調と回答に呆然《ぼうぜん》としていた。他のものたちも、だいたい同じような反応をしている。強引な理屈に言葉が出ない。

サバルカは、顔も瞳も動かさず、ぼんやりと全体を俯瞰《ふかん》している。それ以上の挙手がないことを確認してから、瞼《まぶた》を落として質疑を打ち切った。続けて席を立つ。

「出発は明日だ。今日は早く休むといい」

そう残し、脇に置いてある長物《ながもの》を取る。布に包まれている、巨大な何か。

サバルカはその長物を背負い、参加者たちの前を横切った。

静かに歩み去る――たったそれだけの動作だが、サバルカのそれは、どことなく人間離れしていた。緩《ゆる》やかな腕の振りや、音の立たない足取りが、牙を持つ獣を想起させる。会議室にいる誰もが、彼のことを「近寄りがたい人物」と理解したはずだった。

けれど、ライザーは後を追って席を立った。

早足で廊下《ろうか》に跳び出し、その拍子に古びた床材が「ぎしり」と軋《きし》む。

その音で気づいたのか、あの大男が振り返った。

先ほどと変わらない動物的な瞳が、ライザーを捉えた。

それに対してライザーは、子どものような無邪気さで、彼の間合いまで踏み込んでいく。

すぐ側で見上げ、「お久しぶりです」と笑いかけた。

すると、サバルカは不慣れな好意に戸惑うみたいに、ぎこちなく手を挙げた。その姿には、不思議と愛嬌《あいきょう》があった。まるで芸を仕込まれた熊だ。

「去年の墓参り以来か。その、元気にしていたか、ライザー？」

「ご覧の通りです。それより、サバルカさんが、キリシエの上官だったんですね」

「そうだ」

「驚きました。キリシエ、何にも言わないから」

「そうか」

「でもよかった。あなたが一緒なら、彼女は安心ですね」

「安全に絶対はないが、まあ、その、善処しよう」

　サバルカは、言葉少なで、恐ろしい顔をしている。ライザーを見下ろす三白眼《さんぱくがん》が、躊躇《ためら》いを知らない狼のようだ。けれど、怒っているわけではないのだと、ライザーは知っていた。一〇年来の付き合いは伊達《だて》ではない。

　サバルカが、スッと目を細めた。獣じみた眼光が、さらに鋭さを増す。しかし、狙いを定めたわけではなく、これでどうやら心配しているらしい。ライザーでなければ、まず読み取れないけれど。

「どうしたんです、心配そうな顔をして？」

「いや、私も驚いている。まさかキミが、志願者にいるとはな」

「実を言うと、キリシエにも反対されました」

「わからないでもない。見込みがないとは言わないが、キミは優しいからな」

「迷惑だけは、掛けないつもりです」

「つもりができれば、誰も苦労しない。が、止めもしない。今回の共同調査だが、もしかすると、《神秘売り》の尻尾《しっぽ》を摑《つか》めるかもしれない。であれば、キミも無関係ではないだろう」

その瞬間、ライザーが笑みを消した。

そうすると、意外に鋭い顔立ちをしていたとわかる。

「……あの密猟者《みつりょうしゃ》が、棘《おどろ》の森に？」

「断定はしない。が、関与している可能性は高い。しかし、まずキミは、ちゃんと休め。少し疲れた顔をしている。よく食べて、よく眠ることだ」

サバルカはそう言うと、ライザーの眉間《みけん》を指で伸ばした。

ライザーの顔から先ほどまでの険《けん》が取れ、途端に情けない顔になる。サバルカはその情けない顔を見てとても微《かす》かに笑うと、次の瞬間には踵《きびす》を返していた。

後は振り返ることなく、廊下の角へと消えていく。

「相変わらず、仲のよろしいことで」

ライザーは、その声で横を向く。

見れば、澄まし顔のキリシエが、意見のある目で立っていた。

「サバルカさんが来てるなら、昨日、教えてくれればよかったのに」

「彼の名前を出したら、彼の話しかしないじゃないですか、兄さん」

「そんなことは──」

「ありますよね？」

「あるかもしれないけど」

「かもしれない？」

「あるけれども」

キリシエは、呆《あき》れたように息を吐いた。ライザーは、腕を組んで押し黙る。

そこで一度、会話が途切れた。

兄貴分と妹分。

気安いもの同士だから成り立つ、不愉快でない沈黙。

話すことはなく、けれど、離れがたいような感覚が、二人の時間を引き延ばす。寄り添い合うことに、理由などいらない二人。それでも、他の参加者たちも動き始めれば、いつまでも並んで立ってはいられない。というか、ゲインがすでに「あいつら、またぞろ兄妹愛を拗《こじ》らせているな」という目をしているので、二人は慌てて距離を取った。とっくに手遅れである。

ゲインは冷めた視線を引っ込め、さっさと帰ることにしたらしい。

去り際に「お前らも、早く帰って休めよ」とお節介《せっかい》な台詞《せりふ》まで残していった。

二人揃《そろ》って赤くなる。

「それでは、兄さん、その、また明日」

「うん、また明日」

結局、簡素な言葉だけを交わし、別々の方向に歩き出した。――で、その後に繰り広げられたというライザー決死の言い訳は、ゲインによって華麗《かれい》に聞き流されたという話だ。


そして翌日。


混沌《こんとん》狩りとベルトカイン参加者――総勢十二名は、棘の森に向かった。

森の外縁に辿《たど》り着いたのは、それからさらに九日後のことだ。予定より早く着いたのは、単純にそれだけ、森の外縁がベルトカインに近づいていたからだった。

棘の森は、想像以上の速度で拡大している。

黒い森の開口部は、深遠な虚を覗《のぞ》かせて、彼らの来訪を歓迎していた。

無論、賓客としてではなく、食事としてだったけれど。

○

その森は、底抜けに暗く、息苦しいほどに暑い、とにかく不快な場所だった。

ライザーの視界に映るのは、終わることのない樹木の列だ。

それも、一つ一つが異様に黒い樹木たち。

複雑に捻《ねじ》れた幹の色はまるで木炭のようで、枝を飾る葉まで執拗《しつよう》なまでに黒一色。そんなものたちが、頭上一杯を埋めていた。当然の帰結として、わずかな明かりも入ってこない。悪質な設計士が、暗闇を演出するため、生み出したかのようだ。

右手に持つ角灯《ランタン》も、この暗がりでは心許《こころもと》なかった。

視界の不良は、参加者一〇名の足取りを鈍らせた。

ライザーは怯《おび》える心を誤魔化《ごまか》そうと、大きな呼吸を繰り返す。しかし、今度は暑く蒸した空気が、縮んだ肺腑《はいふ》を締めつけた。黒い樹木の下には、季節外れの熱気が、煙るように立ち籠《こ》めていた。森の外は冬芽も伸びない晩冬にも拘《かか》わらず、ここでは背中の汗が止まらない。夏の盛りを思わせる濃密な草いきれが、息苦しさに拍車をかけていた。吐けども吸えども、恐怖心は纏わり付いて離れない。

ライザーは額の汗を拭《ぬぐ》いながら、自分の浅慮《せんりよ》に呆れ笑いを浮かべた。

(ははっ、危険なのは承知している、だっけね……)

呆れたもの言いだ。わずかに踏み込んだだけで、嫌でも思い知らされる。

この森は、人間の立ち入れる場所じゃない。

「なあ、おい、おい、ライザー」

小さく繰り返される、自分の名前。

ライザーは、緊張で重い首を巡らせる。

呼んでいるのは、鷲鼻の先輩だった。

「お前、混沌狩りの大男とは、面識があるんだったよな？」

「ええ、まあ、それなりに……」

「だったら、あの鉛《なまり》の怪物、あれは一体なんなんだ？」

鷲鼻の彼が、角灯を進行方向に掲げた。

その先にいるのは、隊列の先頭——サバルカだ。

先輩の言う『あれ』とは、彼の背中に負われている巨大な《武器》のことだろう。

大柄のサバルカに引けを取らない、怪物のような大鉈《おおなた》だ。刀身から柄頭《つかがしら》まで鉛色に輝く、無骨極まる一振りだった。会議室で布を被《かぶ》っていた『あれ』だ。

サバルカの異名が《巨牙》である、その理由。

先輩の様子は、本当に《武器》の正体を気にしているというより、とにかく気を紛《まぎ》らわせたいという感じだ。森の放つ魔力から、意識を逸《そ》らしたいのだろう。そのための無駄話。現実逃避の思考だったが、ライザーは彼を笑えなかった。

「あれは《神製具》です。混沌狩りが収集・管理している、太古《たいこ》の創造物。特にあれは、鉈の神製具です。呼び名は、大王鉈《エルンブラスト》。単純な性能しか持たないので、神製具としての格は低いらしいですけど、あの人は好んで使っているみたいです」

「あれが、そんなご大層な武器かよ。まともに扱えるような代物《しろもの》には、見えんぜ」

「問題ないですよ。彼はあの《サバルカ・ジャファフット》なんだ」

そう小さく呟《つぶや》いたのは、先輩のさらに後ろにいるゲインだ。

彼は羨望《せんぼう》と嫉妬《しっと》の眼差《まなざ》しで、規格外の大鉈を見つめていた。ライザーはいくつか言葉を呑《の》み込んだ後、結局は何も口にしなかった。唇を結び、黙って視線を戻す。好《い》い転機とは、いかないみたいだ。そう思った——ちょうどそのときだ。


キイイイイイイイイン。


という音叉《おんさ》にも似た音で、大王鉈が鳴いた。

そして、先頭のサバルカが、淀《よど》みのなかった歩みを止めた。

（……何か、よくないことが起きている？）

何もわかりはしないのに、その予感だけは隊列の隅々まで伝わってくる。

肌を刺すような悪寒《おかん》で、本能に訴える異質な気配だ。

ライザーですら、産毛《うぶげ》の逆立つような危機感を覚えていた。

サバルカが、後方を振り返った。獣じみた双眸《そうぼう》には、珍しく逡巡《しゅんじゅん》の色が浮かんでいる。殿《しんがり》にいたはずのキリシエが、いつの間にか、そのサバルカの隣に控えていた。琥珀《こはく》色の瞳が、無言で彼の指示を仰《あお》いでいる。それでサバルカは、本来の冷徹さを取り戻した。

獣の鋭さで全体を一瞥《いちべつ》し、揺るぎない調子で口を開く。

「ベルトカインの諸君。状況が変わった。すまないが、今すぐ引き返せ」

「それでは、私が──」

「いや、キリシエは私と来てもらう。エルンが鳴くほどの相手だ。万が一もあり得る」

サバルカとキリシエは、すでに専門家として行動を開始していた。

ライザーが二人のやり取りに見惚《みほ》れていると、振り返ったキリシエと視線が重なる。眼鏡《めがね》の奥に浮かぶ琥珀色が、ライザーを見つけ、悲痛に歪んだ。きっと兄の頼りなさのせいだ。

「兄さん、ごめんなさい」

「謝ることないさ。こっちにはゲインだっている。大丈夫だよ」

話していると、今度はサバルカの方から、キリシエに目配せした。

本当にもう、猶予《ゆうよ》はないらしい。

キリシエは唇を引き結び、ライザーから視線を逸らす。

彼女の決断を確認し、サバルカは森の奥へと向き直った。

背中の大鉈越しに告げる。

「諸君らの無事を祈る」

次の瞬間、二人の混沌狩りは風になる。

樹木が繁茂《はんも》し、暗がりでわずかな先も見通せない悪路だというのに、彼らはまるで放たれた矢のようだ。二つの背中は、追い縋《すが》りようのない速度で走り去っていった。

一方のライザーたちは、彼らの背中が見えなくなるまで、ただ立ち尽くしていた。

そうする以外、何もできそうになかった。

そうやって開いてしまった距離が、自覚を促す。専門家と素人《しろうと》の違い。彼我《ひが》の能力差。たった半年でも、それは歴然だった。

その歴然とした差が、いかに鋭く刺さるのかも、明らかだったように思う。


「――――俺だって」

背後で落ちた呟きを、ライザーは拾い上げることができなかった。

○

混沌狩りの二人を見送った後。

ベルトカインのものたちは、しばらく呆然《ぼうぜん》としていた。帰るには、今まで来た道を戻るしかない。やるべきことは決まっていた。引き返すのだ。しかし、返すべき踵《きびす》は重かった。

混沌狩りの不在。それのもたらす不安が、彼らの決断を鈍らせる。

けれど、結局はそうするしかないことも、皆が理解していた。

だから、しばらくだけ呆然とすれば、あとは自然と歩き出した。

全員で帰路に就《つ》く。

地獄のような、帰路だったけれど。


ぐちゃぐちゃぐちゃぐちゃ。


その音源は、何の前触れもなく、隊列の真ん中に降り立った。

一頭の獣。

それの全身は、青黒い体毛で覆《おお》われていた。

体毛が背景に溶け込むため、輪郭《りんかく》は摑《つか》みづらい。

それでも、角灯《ランタン》を突き出し、目を凝《こ》らせば、猫に近いように見えた。修正するとすれば、体格を牛並みにして、脚を二つばかり増やせば、だいたい同じになるだろう。

冗談じみた比喩《ひゆ》だ。

冗談であれば、笑えたろうに。

六本脚の獣は、頭上から降り立ち、踏み砕《くだ》き、一瞬にして君臨した。

獣の足下では、先ほどまで同僚だった人間が、餌《えさ》となって横たわっている。落下のついでに肩を砕かれ、喉笛《のどぶえ》を噛《か》み千切《ちぎ》られたらしい。その瞬間を見ていたわけではなく、欠損からの想像だった。だから、正しいかどうか、ライザーには自信がない。獣は食事に夢中で、欠損は現在進行形で増え続けていた。

不揃《ふぞろ》いな獣牙が、柔らかい腹部を開き、ブヨつく腸《はらわた》を引きずり出す。

血の泡《あわ》が弾け、鉄のような臭《にお》いが立ち上がった。それが、植物の青さと混ざり合う。

鮮やかすぎる臭気が、蒸すような大気を這《は》って鼻腔《びこう》に届く。鉄と生き物の臭い。ライザーの視界の外で、誰か二人が吐いている。吐瀉《としゃぶつ》物の臭いまで加わって、手が付けられない。

知り合いの初年兵が、堪《こら》え切れず剣を引き抜いた。

ライザーの制止は、間に合わなかった。

「なんだってんだよっ、お前はああああッ!!」

振り下ろされた白刃が、獣の額を打つ。打って、止まって、それだけだった。

そいつは、さも面倒臭そうに頭を擡《もた》げた。

食いかけの腸が、下草に落ちる。濃い血の跳ねる、べとついた音。

六本脚の獣は、後ろ二本の脚で身体《からだ》を支えると、残った四本の前脚を雑に振るった。

剣を抜いた青年は、腰が折れ曲がり、顎《あご》が吹き飛んだ。

それでも即死ではない。同い年の彼は、自分の死を信じ切れない様子。膝をつき、顎のない顔で斜め上方を見つめていた。止めどない鮮血が、彼の喉を濡らしていく。

獣の毛深い脚が、彼の横っ面《よこつら》をはたいた。

首が捻《ね》じ切れて、餌が一つ増えた。

獣の赤黒い瞳が、偶然の生き残りに問い掛ける——まだいたの？

「……逃げるぞ」

ゲインの声を合図に、最悪な追いかけっこが始まった。


「糞《くそ》ッ、なんだよあれッ！」

ゲインが、走りながら悪態を吐く。

隣を走るライザーは、頷《うなず》くだけで精一杯だった。口を開く余裕がない。

隊列はすでに瓦解《がかい》していた。そもそも、樹木と暗闇とで歩くのさえ苦労する場所だ。そこを走っているのだから、固まってなどいられなかった。しかし、それでも速度は上がらない。悪路のせいもあるが、膝の震えも原因だろう。地面を踏む感覚が、不愉快に軽い。

「でも、あいつ、追ってきてないことないか？」

「さっ、最初の二人で満足したんじゃね……」

近くを走っていた先輩たちが、半笑いの顔で囁《ささや》き合う。

ライザーは甘い考えだと聞き流した。願望に付き合って死ぬ気はない。

「あれっ、なっ、うわああああああああ！」

ライザーの直感を裏付ける、切羽詰《せっぱつ》まった悲鳴。

ゲインと視線を交わし、頷き合うまでもなく同時に振り返る。

灯りを向ければ、先ほどのより小ぶりな獣が、先輩の肩に張り付いていた。大きさは、本物の猫くらいか。六本脚で青黒いのは、先ほどの怪物と同じ特徴だ。

ゲインは迷わず、剣を鞘走《さやばし》らせた。抜きざまの一撃が、小型の獣を叩き落とす。襲われていた先輩は、肩の肉を抉《えぐ》られていたが、それだけだ。これなら、命に別状はない。

「すすすまない、ゲイン」

「いいから、早く走れッ！」

ゲインは剣の柄で、先輩の背中を押し出す。灯りと剣とで両手が埋まっているからだ。他にやりようがない。しかし、その一瞬のやり取りが致命的だった。

注意を逸《そ》らした瞬間、叩き落とされた獣が、ゲインの脹《ふく》ら脛《はぎ》へと食らいついたのだ。

「ぐおッ、この畜生《ちくしょう》がッ」

「動くなッ、ゲイン！」

ライザーは灯りを地面に置きつつ、勢いに任せて白刃を抜き放つ。

大きく振りかぶり、ゲインの足めがけて力任せに打ち込む。グンッと鈍い手応えを構わず両手で振り抜いた。小柄な獣は派手に吹き飛び、近くの樹にぶつかる。しかし、六本の脚で衝撃を殺したのか、素知らぬ顔で着地した。そのまま、感情の読めない瞳を向けてくる。

ライザーは、獣とゲインの間に身体を滑り込ませた。

剣を握る手が、今の一撃で痺《しび》れている。

森の獣は、馬鹿に硬かった。まるで砂鉄入りの革袋だ。

「すまん、らっ——痛てぇッ」

「ああ、糞ったれめッ」

「ゲイン、足かッ!?」

ライザーは切歯《せっし》する。最悪の状況だ。このままでは全員死ぬ。恐怖で鈍る頭が、生存の方策を探る。すぐに一つ、思いついたのがあった。けれど、これは却下《きゃっか》だ。

背中越しで確認できないが、足の肉を抉られ、思うように動けないらしい。

ライザーは考えを打ち消し、その後で弾かれたように顔を上げた。

近くにいた先輩たちも、同じことを思いついたらしい。彼らの表情には、その方策を実行しようという、追い詰められたものの卑《いや》しさがあった。

生きるためならば、なんでもやる顔だ。

鷲鼻《わしばな》の先輩が、静かに手招きした。ライザーだけに向けた「来い」という合図。それはつまり、「ゲインを差し出せ」ということだ。親友を囮《おとり》にしろと、そう言っている。

「…………………」

ライザーは獣を睨《にら》み、柄を握り締めながら考える。

他に何かないのかと。状況を打破する、起死回生の策はないのかと。

けれど、本当はわかっていた。迷う余地はないのだ。

「…………くそッ」

なぜなら、答えは一つきりだ。生き延びるには、それしかないのだ。

ライザーは一歩、踏み出した。

その足は、震えていた。怖くて、恐ろしくて、そんな選択肢《し》しか持たない自分が、酷《ひど》く情けなかったからだ。なんと奥歯まで鳴っている。情けないにもほどがある。

けれど、震える足が向かったのは、先輩たちの方ではなかった。

「先輩方、ゲインを頼みます。この場は、自分が抑えます」

そう、迷う必要なんてない。

なぜなら、ゲインが生き延びるには、これしかないのだから。

先輩たちは数秒の後、「わかった」とゲインの肩を担《かつ》いだ。後輩を捨て置いて躊躇《ためら》わない卑《ひ》劣《れつ》さが、今だけはありがたかった。その卑劣さが、親友を生き残らせる。

ゲインが、不明瞭な言葉を叫んだ。「ふざけんな」と怒鳴っているのかも知れない。かも知れないが、涙声のせいで、よく聞き取れなかった。まあ、聞き取れたとしても、そんな情けない声では、聞く耳持たないけれど。ゲインらしくもない声だ。

ライザーはガタつく奥歯に無理を言って、ここ一番の虚勢を張ることにした。

「ゲイン。生きて帰れたら、かっこいい《ゲイン・マンティゴア》に戻ってくれよ。そうじゃないと、あの娘が報われないだろ？」

背後の声が遠ざかる。先輩たちはいい仕事をした。

ライザーは心置きなく、正面の敵に集中する。

黄ばんだ獣牙が、結末を連想させた。記憶に新しい仲間たちの臓物《ぞうもつ》が、脳裏《のうり》に浮かぶ。同じ結末かと思うと、闘志が凍えそうになる。

それでも、自分を奮《ふる》い立たせるよう、指先に全霊の力を込めた。

眼前で待つのは、絶望的な戦いだ。

軍に入隊して半年。だから、嫌ってくらいわかっている。自分は戦闘に向いていない。どれだけ努力しようと、その事実は変わってくれなかった。けれど、それでもだ。

それでも、ライザー・ゲフォンは、彼女の兄だから。

キリシエ・エピが、泣かないために。

○

自然異産の獣は、強い。

彼らが強いのは、その身体が、長い時間をかけて抽出された《要素》の集積体だからだ。

五〇〇年以上前にあったという、混沌《こんとん》の時代。

この世界のすべてが、古い植物に覆われていた時代。

今とは違う因果律《いんがりつ》の世界には、今より熾烈《しれつ》な生存競争があった。

不可解な現象を操り、人智を超えた能力を持つ、怪物同士の戦いだ。

そこで有利に働いた強さの《因子》が、彼らの血には流れている。

かつては、神と呼ばれたかも知れない獣たち。時代が移ろい、混沌の消失した現代では、災害として狩られるものたち。それが、森の怪物の正体だ。けれど、ここは自然異産。古代の植物が残り、混沌の時代のまま、時の止まった世界だ。

この場所において、彼らの強さは今でも、常識の向こう側にある。

「痛ッ、くそっ」

不揃いな獣牙が、背後から腕を掠《かす》めた。

軍服の袖《そで》が破れ、ライザーの右腕に歪んだ赤線が入る。

小柄な獣は動きを止めず、そのまま木立の向こうへと走り抜けた。目で追うが、闇に紛《まぎ》れて見失う。先ほどからこの繰り返しだ。完全に弄《もてあそ》ばれていた。

「遊んでいる、つもりか……」

ライザーは、手にした剣の重みを虚しく感じる。そう何度も当てられていないが、それでも威力不足は否《いな》めなかった。獣の硬い棘皮《きょくひ》の前では、足下の枯れ枝と大差ない。けれど、通せる切れ味があったところで、無駄だったろう。森の迷彩を纏《まと》う獣は、視界に捉えることすら困難だ。急所などは狙うべくもない。

こちらの身体は擦過傷《さつかしょう》だらけ。二つか三つ、深い傷もあるはずだ。支給品の軍服は、悪趣味な斑柄《まだらがら》に変わっていた。腕が重く、構えも崩れている。次第に息も切れ始めた。酸欠ぎみの頭では、思考も纏まらない。万事よくない傾向だ。

背後の樹木に体重を預け、一先《ひとま》ずは深呼吸。鮮明になった頭で考える。

このままだと、そう遠くない先で死ぬ。

それでいいのかと問われる。声帯を介さない声だ。

「いいわけ、ないだろうがッ」

自答して、剣を地面に刺した。

使えないものを振り回すのは、もうやめだ。

疲労困憊《こんぱい》の運動音痴《おんち》には、過ぎた代物《しろもの》なのだ。なんたって重い。

「いい加減、お前だって飽きただろ、猫もどき」

呟《つぶや》いて右腕を前に差し出す。言葉を理解したわけではないだろうが、獣は応じた。

頬《ほお》まで切れた大顎が、喜び勇んで開かれる。

強靱《きようじん》な六本の脚が撓《たわ》み、腕を狙って一直線に跳ねた。

ライザーの口許《くちもと》に、不敵な微笑が浮かぶ。覚悟を秘めた双眸《そうぼう》が、呼び寄せた好機に燃え上がった。相手の顔は正面にある。これなら素人《しろうと》でも外さない。

赤黒い口腔《こうこう》に向かって、あえてこちらから右腕を突き入れた。

勢いで押し負けそうになるが、背後の樹木を支えに使い、体重差を武器に叩き伏せる。そのまま、左手で首を絞《し》めた。右腕に牙が食い込むのは、無視だ。むしろ、奥まで押し込んで動きを封じる。猫もどきは振り解こうと躍起《やっき》になるが、直前までの覚悟の差か、青筋の走る細腕は外れない。

「────ッ!!」

自分の骨が軋《きし》むほどの剛力は、まさしく火事場の限界点だった。

食い縛《しば》った奥歯が削《けず》れ、歯茎《はぐき》から血が零《こぼ》れる。右腕の感覚はない。獣の鋭い体毛が、掌《てのひら》の肉を抉った。まるで動く棘山《はりやま》だ。でも、摑《つか》んだ左手は弛《ゆる》めない。額に血管が浮き、鼻血まで吹き出した。獣の爪が頬を裂き、血液が流れ出る。恐怖心は、吠えて誤魔化《ごまか》した。

泥臭い戦いは、二分ほどで決着した。

ライザーは、生き残る権利を得た。

○

「あああああああああっ、めちゃくちゃ痛いぞ、これッ」

ライザーは右腕を引き抜き、立ち上がる。獣の口から出た腕は、見るまでもなく、ボロ雑巾のようだった。しかし、大番狂わせの代償にしては、これでも安上がりな方だろう。何せ、痛いには痛いが、死ぬほどではなかったから。

「生きて帰ったら、孫の代まで聞かせてやるからな」

冗談で自分を鼓舞し、軍服の端切《はぎ》れで右腕を縛《しば》る。とりあえずの止血だ。

早くゲインたちを追いかけようと、置いていた角灯《ランタン》を拾い上げる。

続けて、地面に預けていた剣を探す。糸のように両目を凝《こ》らし、腰を屈めたそのとき、肩に衝撃が奔《はし》った。揺れる瞳に映るのは、牛のような体格。六本の脚。赤黒い双眸。

(最初のあいつ、追いつかれたのか……?)

思考がそれを理解したとき、ライザーの右腕はなくなっていた。

獣の顎が、かつての所有物を咥《くわ》えている。

肩口から全部、引き千切《ちぎ》られていた。今度こそ、死ぬほど痛い。

「なっ――――があああああああああああああああッッッ!!」

傷口を押さえ、逃れようとしたところで、足が縺《もつ》れた。

無様に転がり、倒れた拍子に灯りを消してしまう。

押し寄せる闇が、視界を閉ざした。

完全な暗闇の中、赤黒い瞳だけが、存在を主張している。

ライザーは慌てて起き上がろうとする。しかし、先ほどの大立ち回りの影響か、手足に力が入らない。というか、腕は一本足りないんだった。虚しく血溜まりを這《は》いずるだけだ。

「ふしゅるるるるるるるぅぅぅ」

舌を丸めて鳴らす、不気味な声。死を告げる声。

わかっている。奇跡は二度も起こらない。

そして、悪いことは重なるらしい。獣の足音は、一つだけではなかった。周囲には、他にも多数の気配がある。血の臭いが、他の獣たちも呼び寄せたのだろう。

ライザーはいっそ愉快な気分になった。

(ぼくひとりの死因にしては、豪華すぎる……)

あまりに手詰まりなので、笑いながら目を瞑《つむ》った。

認めたくないが、どう足掻《あが》いても死ぬ。

それでも、どうにか膝立ちになり、左手を彷徨《さまよ》わせて剣を探した。

どう足掻いても死ぬけれど、だからといって何もかも放棄するのは御免だ。同じ結末であろうと、剣も握らず死んで堪《たま》るか。そう思っていた。

空を掻く指先が、ようやくと馴染《なじ》んだ柄に触れた。

それで「ああ、よかった」と笑う。

けれど、これはかなり怖い。

流石《さすが》にちょっと、泣いてしまいそうだった。


——なぜ、あの場に残った？


どこからか、正体不明の声が聞こえた。

正確には、森の至る処から。まるで森全体が、震えているかのようだ。

幻聴だろうか。だとしたら、いよいよだなと思う。

「ああしないと、妹が泣くだろ……」

ライザーは苦笑いでそう答えていた。


——おのれの命より、そのことが肝要《かんよう》か？

まさか、返答があるとは思わなかった。

「ああ、愚兄《ぐけい》にだって意地がある」

もう一度だけ答えてみたが、これに対する返答はなかった。

やはり幻聴だったか。そう思って笑い、そこでふと気づく。

獣たちの気配が、消えている。

ライザーは恐る恐る、眼を凝らした。

ふと仰《あお》げば、何か、大きな影がいる。暗くて輪郭《りんかく》は摑めないが、背負った二つの翼と、並んだ二つの瞳だけは、不思議とよく見えた。特に瞳だ。その美しさに思わず感嘆《かんたん》した。

それは虹のような色味をしている。

次々に色が入れ替わり、立ち替わり、現れては消えていった。まるで万華鏡《まんげきょう》だ。変わり続ける瞳は、しかし、その美しさだけは不変である。

世界を満たす輝きが、満月のように浮かんでいた。

「すごいな、なんて綺麗《きれい》な《竜》だ……」

ライザーは呑気《のんき》な感想を抱き、その呑気さに自分で微苦笑する。

意識を維持できたのは、そこまでだった。

浮かべた笑みも、右腕の激痛も、すべて無意識の虚に沈んでいった。

次に目覚めたとき、ライザーは自分の右腕を見つめていた。

「なんだ……これ……?」

個性も糞《くそ》もないなと思いつつ、真っ先に浮かんだ陳腐《ちんぷ》な台詞《せりふ》を吐く。

目覚めたばかりで、悪夢を見ている。

ふとサバルカの言葉を思い出した。これは確かに予測不可能だ。

右腕のあったところから、黒い樹木が生えていた。

○

森に入って、すでに三日が経っていた。

「はぁ、ここ、はぁ、さっきも通ったな……」

ライザーは、棘の森から抜け出せずにいた。

激しい戦闘で方位を見失い、灯りもなくした結果だ。

森の暗がりに、囚《とら》われてしまっていた。

動かし続けた足は、棒切れのようにふらつき、熱を持った関節が悲鳴を上げていた。足の裏

にできた肉刺《まめ》は、とっくに破れて痛みを訴える。靴《くつ》の中は、自分の血で湿っていた。他にも、身体《からだ》のあちこちに限界が来ている。暗さに慣れつつある両目は、慣れると同時に酷《ひど》く霞み始めていたし、飲まず食わずの影響から、頭もろくに働かない。満身創痍《まんしんそうい》というやつだ。

けれど、何より辛《つら》いのは、右腕だ。

いや、本当はもう《腕》と呼んでいいのかも、わからなかった。

「あッ、がっ――――」

突然の激痛に、ライザーは膝をつく。

呻《うめ》きながら、右腕と呼ばれた箇所《かしょ》を押さえた。

そこにあるのは、黒い樹木だ。

そいつは肉を抉《えぐ》るように根を張り、頭上に向かって黒い枝葉を伸ばしていた。

悪い冗談のような光景だ。

冗談であったなら、どれだけよかったろう。

「ぐううう、がああああああッ」

ライザーは、耐え難い痛みに喚《わめ》きながら、泥の上を這い蹲《つくば》った。

右腕の樹木が、成長しているのだ。

樹木の腕は時折、強い痛みを伴《ともな》って拡大していた。肩口から枝を伸ばしつつ、筋肉の間を縫《ぬ》うように根を這わしていく。その際、肉を練《ね》り潰されるような痛みが、侵食部を嘖《さいな》んだ。この調子でいけば、あと数日で人間ではなくなる。

激痛で白熱する思考が、これから辿《たど》るであろう、二つの未来図を描き出した。

飢えて死ぬか、森のお仲間になるか。

自分の死因が、碌《ろく》でもない最下位決定戦を開催していた。

「妹の笑顔のためってなら、最悪ってほどじゃ、ないけどッ……」

宛先《あてさき》不明の強がりを言ってみる。少しだけ、歩き続ける気力が湧いた。安い性分だが、性分で商売をするつもりはない。なので、これでいいだろう。

もはや意地になって立ち上がる。樹木の重みで、身体は自然と右側に傾くが、知ったことではなかった。痛みを噛《か》み殺し、熱に浮かされたように前進を続ける。

そうやって独りで彷徨《さまよ》い続け、ライザーはおかしな場所に行き着いた。


目の前に現れたのは、草木で編み込まれたトンネルだった。

それも、今までの黒い植物たちとは違い、外で見るような深緑のものだ。それらが、互いを支え合うように絡まり、蔓《つる》や枝によって一本の道を形成していた。

さらに驚くべきは、日射しだ。

絡み合う植物の隙間《すきま》からは、日の光が射し込んでいた。

ライザーの足は、自然とそちらに向かった。入り口でやや躊躇《ためら》ったものの、意を決し、太陽の下に踏み込む。久方ぶりの陽光が、頭頂から身体の芯を温めた。

呼吸の調子が軽くなり、強張《こわば》っていた身体も自然と解《ほぐ》れていく。

それで落ち着いて、周囲を見渡した。

緑色の半円は、高さと幅は同程度で、自分の背丈の三倍ほどだ。地面に繁茂《はんも》している植物たちも、外で見るものと同じだ。いくつか名前を知っているものもあった。蔦《つた》の壁には、橙色《だいだい》の瓢簞《ひょうたん》みたいなものもなっていた。あれは果実だろうか。

ライザーは壁の方に近づき、顔を寄せて瓢簞もどきを観察する。

何度か躊躇いながら、左手で一つもいだ。

口許《くちもと》に寄せると、わずかに甘やかな香りがする。

喉《のど》を鳴らし、えいやと齧《かじ》った。美味《おい》しい。泣きそうになる。美味《うま》い。美味い。三口ですっかり食べ終わる。堪らずまたもいだ。それも美味しい。果汁が口から溢《あふ》れる。

瞬く間に三つ食べ、喉に詰まらせて噎《む》せ返る。絶食だった影響か、胃の動きがわかって変な感じだった。ちょっと吐きそうだ。慌てて食べたのも悪かったのだろう。

しかし、おかげで生き返った。

「……さて」

ライザーは口許を拭《ぬぐ》い、改めてトンネルの奥を見据える。

そちらにはまだ、陽光と緑の道が続いていた。背後の森を振り返る。そちらには、この三日間と変わらない、漆黒《しっこく》の世界が待ち受けている。

どちらに行くべきか、迷う余地はあまりないように感じられた。

○

五分もしないうちに、トンネルを抜けた。

「なんだここ」

辿り着いたのは、木々のない開けた場所だ。

あれほど邪魔臭《くさ》かった樹木たちが、中心にある湖を避けるよう、等間隔《とうかんかく》に離れて円を描いていた。外縁の木々は、トンネルと同じく互い違いに絡み合い、籠《かご》状の壁を作っている。下草は踝《くるぶし》の高さで揃《そろ》えてあり、まるで広い庭園みたいな印象を受けた。中心にある湖は、どこまでも澄んでいて、遮《さえぎ》るもののない陽光が、真っ直ぐ水底まで降り注いでいる。

どれもこれも、自然にそうなったとは考えにくい。誰かに管理されているみたいだ。

極めつけは、湖の畔《ほとり》。

霞む双眸《そうぼう》を凝《こ》らせば、そこには小屋が建っていた。

御伽噺《おとぎばなし》の妖精が棲《す》むような、小さく可愛《かわい》らしいものだ。

子ども部屋が一つ、それだけで精一杯の大きさ。けれど、小さい割に造りはしっかりしているように見えた。距離があるのでハッキリとしないが、白い壁に、赤い煉瓦《れんが》の屋根だ。小屋の回りには、小さいながら柵《さく》まで拵《こしら》えてある。

流石《さすが》にあれは、どう考えても自然物ではない。

ライザーは周囲に視線を走らせながら、柵の側まで近づいていく。

こちらの気配を感じ取ったのか、小屋の中から人影が現れた。

出てきたのは、等身大の人形だった。

白い仮面を付け、女中のような服装をしている。よく見ると、随所《ずいしょ》の関節が、球体状になっていた。そして、自立して動いている。一体、どんな仕組みなのだろう。時計台でだいぶ鍛えられているつもりだったが、構造をイメージできない。

女中姿の人形は、ライザーの正面に立つ。

彼女は一〇秒ほど静止した後、恭《うやうや》しく頭《こうべ》を垂れた。

ライザーも反射的に頭を下げ返す。すると、彼女は脇にずれて道を開けた。伸ばされた細い腕が、促すように小屋の入り口を指している。「入れ」ということだろう。

今さら躊躇《ためら》うつもりもなかった。

ライザーは腹を括《くく》って小屋の中へと進む。

小屋の内装も、外観と同様に可愛らしかった。

小綺麗《こぎれい》な衣装棚《だな》に、茶器の並んだ小ぶりなテーブル、飾を凝らしたランプ。そして、天蓋《てんがい》付きのベッド。全体的に、普通のものより二回りほど小さいように感じる。ままごと用の玩具《おもちゃ》みたいだ。ピンク色ばかり使われているのも、そういう印象を強くしていた。

ライザーは右腕の樹木に注意しながら、順番に室内を見て回る。天井も低いので、下手《へた》に動くと、枝が引っかかりそうだった。頭を低くし、身体を傾けながら室内を歩く。

そのときふと、ライザーは微《かす》かな寝息に気がついた。心当たりは、ベッドしかない。ライザーは慎重に歩み寄り、そっと首を伸ばす。覗《のぞ》き込んだ瞬間、呼吸を忘れた。

ベッドの中には、色とりどりの花々に埋もれながら、少女がひとり眠っていた。

はじめて見る萌葱《もえぎ》色の髪に、同じ色味の長い睫毛《まつげ》。

濡れた白磁《はくじ》のごとき肌。

そして、すっきり通った鼻梁《びりょう》に、花弁にも似た唇。

ここまで揃うと、いっそ作りものじみてくる。少女的な可愛らしさというより、芸術品としての美を思わせた。ひたすらに「美しさ」だけを求めて設計された、人形的な美しさだ。けれど、穏やかな寝息に合わせて、白いドレスに覆《おお》われた幼い胸元が、微かに上下していた。

つまりは生きている。

ライザーは、少女の美しさに見蕩《みと》れてしまった。時間の経過を忘れるほどに。事実、ライザーは右腕の激痛にすら、数秒間気づけなかったくらいだ。

無視された樹木が、一層強く神経に食らいついた。樹木化だ。

（こいつッ、またッ……!!）

ライザーは膝をつき、背中を丸めて歯を食い縛《しば》る。

いつもより間隔が短く、根の成長速度も今までより速い。食事を摂《と》ったことが、却《かえ》って樹木の勢いに拍車を掛けたのだろうか。肉を練り潰される感覚が、前回の倍速で広がっていく。

「―――――――ッ」

痛みのあまり、視界が真っ白に飛んだ。強すぎる刺激が、他の感覚を塗り潰していた。

ライザーは大声で喚きたい衝動に駆られた。

そうでもしないと、正気を保てそうになかった。

それでも、どうにか泣き叫ばないよう、左手を握り締め、額を床に擦り付ける。食い縛った歯の間から、涎《よだれ》が垂れた。けれど、拭ってなどいられない。必死で絶叫を嚙み殺す。

「う～ん、イルマンか？」

寝ぼけたような声が、名前らしきものを呼んでいた。しかし、反応できなかった。少しでも口を開けば、それがどんな言葉であれ、悲鳴になってしまうから。

少女の起き出す、衣擦《きぬず》れの音。

ヒタヒタと白く小さな素足が、視界の上端に現れた。

そこで少女の足は止まる。何ものか、見定められるような空白が過ぎた。

「痛むか？」

幼さを残す声が、苦悶《くもん》を縫《ぬ》って届けられた。

ライザーは、黙って頷《うなず》いた。

「生きたいか？」

激痛の中でも、不思議と綺麗に響く声だった。

ライザーは、大きく強く頷いた。

「少し面倒なことになるが、構わんな？」

意図の読めない問い。

ライザーは、苦悶に歪む顔を上げた。

それではじめて、少女と目が合う。

眠りから覚めた彼女の瞳が、ライザーの驚愕《きょうがく》をよんだ。

白い顔に並ぶ、虹色の瞳。

美を極めた少女を飾るのは、それに相応《ふさわ》しい無限の色彩たちだった。

先日の竜と同じ瞳。

ライザーは、激しさを増す痛みに耐えながら、少女の瞳を見詰め返す。しばらくすると、少女は不満そうに片眉《かたまゆ》を聳《そび》やかした。腰に手を当て、「どうなんだ」のポーズ。

ライザーは黙ってもう一度、頷いてみせた。

少女は満足げに鼻を鳴らすと、ライザーの頭に何かを被《かぶ》せた。たったそれだけで、嘘のように痛みを忘れた。続けて少女は、顎《あご》当《あ》てのようなものも取り付ける。

二つは一対《つい》の部品らしく、耳元で機構の噛み合う音がした。

ライザーは状況を確認しようと、左手を伸ばす。しかし、すぐに手の甲を叩かれた。叩くと同時に「こら、逸《はや》るでない」と窘《たしな》められる。ライザーはすごすごと引き下がった。

少女はライザーの頬《ほお》に指を添え、顎当てを持ち上げる。それで口許が隠れた。続けて、頭に被せていたものを滑り下ろす。鼻先でまた噛み合うような音。同時に視界が狭まった。

顔の前面部にのみ、重みを感じる。どうやら開閉式の仮面らしい。

「よし、もうよいぞ」

許可が下りたので、ライザーは改めて両手を持ち上げ、形を確認する。

まず、後頭部までは覆われていないようだ。

顔の方は、鼻先の辺りが、やや前に伸び出ている。そして、耳の上部から、左右に一本ずつ、角《つの》が張り出していた。何かの獣を模《かたど》っているのか。そのときに気づく。

自分は今、右手でも角を触った。

右腕を伸ばし、肘を曲げ、肩を回す。五指を握り、開いた。

　仮面に空いた穴から、右の掌《てのひら》を覗く。肉体ではなく、樹木によって形成された五指が、意識に従って動いていた。肉体の侵略者であった樹木が、身体《からだ》の一部として隷属《れいぞく》している。

「これってどういう……」

「《親樹《しんじゅ》の仮面》。ちゃんと機能したようで、まずは何よりじゃ」

　少女はそう言うと、「ふぁ～」と欠伸《あくび》をした。片手で口を押さえながら、もう一方の手でライザーのおでこを叩く。どういう素材なのか、仮面はコツコツと軽い音を立てた。

「仮面のおかげ、なの？」

「ああ、替えはないから大切にしろ。壊すと勝てなくなるからな」

「はい、うん、あの、勝つって何に？」

「世界樹《イルマンシル》。私が起きたということは、彼奴《きやつ》も起きておるのじゃろう？」

「はぁ、ええっと、それでその、世界樹っていうのは？」

　萌葱髪の少女は、露骨に馬鹿を見る顔をした。

　ライザーはあんまり不条理な気がして苦笑い。

　すると、彼女は段々と表情を曇らせ始めた。瞬きの回数が、不安そう。困惑した表情で、口許に手をやっている。そして、いくらか思考を巡らせたあと、ポンと手を打った。

　ライザーに向かって人差し指を伸ばし、にんまりと笑う。

「今の冗談、あまり面白くないぞ？」

「いや、本当に知らなくて」

人形のような少女は、指を差した格好でしばらく動かなかった。

静止したままだと、本当に人形のようだ。

ライザーは、仮面越しにそんなことを考えていた。

○

「なるほど、だいたいの事情はわかったわ。とにもかくにも、災難じゃったな」

少女はベッドに腰掛け、短い言葉で労《ねぎら》った。

ライザーがこれまでの経緯を語って聞かせたのだ。

向かい合う二人の手元には、カップに注がれたお茶があった。小屋の前で出迎えた人形が、少女の指示で淹《い》れてくれたものだ。人形は、少女から《シズ》と呼ばれていた。

ライザーはお茶を飲むため、仮面の開け方を習い、今は顔を出している。ただし、完全に外すことはできないらしく、今も仮面の上部は頭上に、下部は顎の下にあった。

「それで、キミの言っていた《世界樹》っていうのは」

「話に出てきた竜が、間違いなくそうじゃろう。彼奴は自走し、飛行する、竜の形をした樹木じゃからな。村を消しておるのも、森を広げておるのも、彼奴の仕業《しわざ》以外にあり得ん。五〇〇年経っても、とうとう治らなかったようじゃな」

「なんだか、途方もない怪物に聞こえるね」

「事実、途方もない相手であろうよ。神秘の時代でさえ、彼奴に勝てるものは、皆無といってよかった。普通にやり合えば、彼奴は間違いなく無敵じゃわい。普通の人間では、幾万群れようと勝負にもならんよ」

「そんなに、強いんだ……」

「彼奴の扱う《樹木化の呪い》がな、とにかく破格なのじゃ。視界に入ったもの、声の届いたもの、有無を言わさず、自らに取り込んでしまう。森羅万象《しんらばんしょう》を樹木に変える、まったく馬鹿げた能力じゃ。対抗できる手段は、一つきりじゃからな」

「とても、嫌な予感がする」

「安心するがよい。頭に被《かぶ》っているのが、まさしくそうじゃ」

「これって、完全には外せないって聞いたけど？」

「そうじゃな」

外したら壊れるとも、彼女は言った。

「どうするの？」

「簡単じゃ。倒せばよかろう」

「……誰が？」

白魚のような指は、ライザーを指している。

いや、察していたけれども。

ライザーはカップを置き、両手で顔を覆《おお》う。無茶苦茶《むちゃくちゃ》だと思った。

どうやら自分は、竜退治をすることになるらしい。

「お前がやらなければ、世界中が《棘の森《おどろ》》に呑《の》まれる。それだけのことじゃ。まあ、それを見るのが嫌なら、腹を括《くく》るか、首を縊《くく》るか、二つに一つじゃな」

少女は、実にあっけらかんと言い放った。

当たり前の事実を当たり前に言うような顔。呑気《のんき》にお茶を啜《すす》っている。

「これってさ、予備とかないの？」

「あるわけなかろう」

「あるわけないいんだ……」

「秘蔵の宝物じゃからな。現物限りの激レア品じゃぞ」

「秘蔵の宝物で、現物限りなんだ……」

ライザーは樹木の右腕を見る。

続けて頭上の仮面を触り、取り付けられた約束を思い出して観念した。

詐欺紛《さぎまが》いな流れに乗らされている。運動音痴《おんち》には酷《こく》な話だ。あとはそう、突拍子がなさ過ぎて、実感が伴《ともな》わない。まるで御伽噺《おとぎばなし》みたい。であれば、主役はもっと華やかな人物が飾るべきじゃないか。例えばそう、ゲインとか。

なぜ自分が。そう思わないでもない。あまりに役者不足だから。

（とはいえ、まあ、それでも――）

ライザーは、樹木製の右手を握り締める。そして、先ほどまでの激痛を思い出した。こんなものが、他の誰か――ましてやキリシエにまで、降りかかるのだとしたら。

「放っておけるわけ、ないいか」

「決まりじゃな。まっ、安心するがよい。彼奴に勝てるよう、私が面倒を見てやる」

「うん、わかった。キミの安心しろは、これっぽっちも安心できないんだ……」

溜息まじりの嘆《なげ》きは、少女の無邪気な笑い声に掻《か》き消された。

間章一

終わりの記録

Owari no kiroku

これは、乱立する過去の切り抜き。ある惨劇《さんげき》の記録。

場所。《グランニット大農場》。

時刻。《昼前》。

天候。《雲一つない秋晴れ》。

登場人物の一。

にきび顔の青年、《マクガレル・グール》。

最高の陽気なのに仕事が入り、とても不満そう。文句を言いながら仕事中。

「ちぇっ、こんな昼寝日和《びより》だってのによ……」

そう溢《こぼ》しつつ、彼は一風変わった荷物を運ぶ。一本の角材だ。

それほど太いものではなく、長さもマクガレルの身長を倍する程度。

これだけの特徴であれば、さして物珍しくもなかった。

というのも、発展目覚ましいグランニット大農場では、ここのところ、増改築の依頼が急増していたからだ。首を半周巡らすだけで、似たような運搬物を山と見ることができた。

しかし、彼の運ぶ一本には、特筆すべき点があった。それは色だ。彼の運ぶ一本だけ、まるで炭化しているみたいに黒かった。それも樹皮の下ごと、一切の色むらもなく黒一色。

夜の底から切り出したかのような、漆黒《しっこく》の異物。

マクガレルは、それを右肩に担《かつ》ぐようにして、大地主の納屋《なや》まで運んでいた。乾いて砂利《じゃり》っぽい、ほどほどに舗装《ほそう》された道を進む。すると、背後から声がかかった。

登場人物の二。

禿頭《とくとう》で年嵩《としかさ》の男、《ベルバート・オーバード》。

作業の手を休め、マクガレルの荷物に指を向ける。怪訝《けげん》そうな顔と声。

「おい、マク。珍奇なものを運んでるが、そいつはなんだ？」

マクガレルは、角材の長さに気を配りながら、もたもたと振り返った。

ベルバートの指先を確認し、呆《ほう》けた顔で自分の荷物を見やる。

「何って親方、角材ですよ、角材」

「なるほど、それもわからんくらい俺が耄碌《もうろく》したってぇ、そう言いてぇわけか？」

「あ～、いやいや、ええっと、ほら、噂《うわさ》になってた《棘《おどろ》の森》のやつですよ。若旦那《わかだんな》が、あの変な奴らから請け負ったっていう、ほら、例の黒頭巾《くろずきん》の――」

ベルバートは「それが例のか」と呟《つぶや》きながら、角材に近づいていく。顎《あご》に手を当て、子細《しさい》に観察してから、酷《ひど》い渋面《じゅうめん》を作った。そのまま、苦々しく吐き捨てる。

「やっぱりなぁ、どうにも気味が悪い」

「親方って、迷信とか、気にするんですね」

マクガレルが目を瞬かせると、ベルバートは角材から視線を外した。

禿《は》げ頭を撫《な》でつつ、マクガレルを睥睨《へいげい》する。

「お前なぁ、馬鹿言っちゃいけねぇや。あそこはな、爺婆《じじばば》どもの作り話とは違ぇんだ。混沌狩《こんとん》りが、第一級の《自然異産》に指定してんだからな。若旦那や黒頭巾は、どうかしてる」

ベルバートは信心深い顔でそう言うが、マクガレルは老人の戯言《ざれごと》と軽く笑っていた。

嘲《あざけ》るような笑みのまま、からかう調子で問い返す。

「それじゃあ親方、あの森が《竜の巣》だって話、本気で信じてるんで？」

「…………」

ベルバートは、ぐっと言葉を呑《の》んだ。

竜種。遠い昔——混沌の時代に、空を支配していたとされる生物だ。

しかしこの五〇〇年、彼らの住むヌルワーナ大陸では、竜種の目撃情報は皆無だった。歴史資料の信憑性《しんぴょうせい》も、創作物との混同が多く指摘され、疑わしいとされ始めている。そういった事情の下、昨今では空想上の生き物だったという見解が、市井《しせい》でも一般的であった。

ベルバートも、その程度の常識は当然に弁《わきま》えている。

ただし、彼が黙っていたのは、何も弁えているからではなかった。

黙っていたのは、目の前の青年の身体《からだ》が、奇妙に捻《ねじ》れはじめていたからだ。

マクガレルの両足は、今も揃《そろ》って自分を向いている。それなのに青年の上半身だけが、完全に真後ろを向いていた。脚から腰にかけて、絞《しぼ》った雑巾のように捻れている。

よく見れば、彼の下半身は、表面もおかしなことになっていた。

ゴツゴツと筋張っていて、ところどころに芽のようなものが生えている。両足は一緒くたにまとめられ、膝より上になると左右の区別さえつかない有様だ。

これではまるで一本の樹木。

そう思って、ベルバートは頭を振った。

まるでも糞《くそ》もない。これではまるきり、樹木そのものだ。

急に捻れて、植物になっていく青年。

不可解な現象を前にして、言葉を失っていた。

「おおおおやかた？　なんかこれ、変じゃないですか？　なっあれ、えっ、痛い？」

「おおおいお前ッ、どうなってんだよ、そりゃ、どうなってんだよそりゃあッ!?」

ベルバートは我に返り、マクガレルに駆け寄ろうとして気がついた。

自分の足が、ピクリとも動かない。

瞬間、喉《のど》が引きつった。呼吸が乱れ、嫌な汗が噴き出る。拭《ぬぐ》い去れない、悪い予感。マクガレルが、親方、親方、と泣き叫んでいるが、構っていられなかった。

ベルバートは、恐る恐る、視線を足下に落とした。

そこには、樹木の根が張っている。

本来ならば、自分の足があるべき場所だ。でも今は、ゴツゴツした根っこがある。

おかしい。おかしいので、笑い声が漏《も》れた。

自分の足だったものを見下ろしながら、「なんだこりゃ」と呟いた。

そして、もう一つ気づく。

雲一つない、秋晴れだったはずなのに。


足下には、黒くて大きな影がある。


おかしい。おかしいので、哄笑《こうしょう》をあげる。そう、これはあり得ない。夢に違いない。そう思いたいのに思い切れない。身体を練り潰される激痛が、思わせてくれない。

ゆっくりと、しかし、圧倒的な力で、筋肉を捻り切られる感覚。その痛みが、現実を突きつける。この地獄は本物だと、懇切丁寧《こんせつていねい》に教えてくれる。なんて親切。ありがた迷惑。

笑っていると、足下の影が揺らめいた。

見たくない。確かめたくない。ベルバートはそう思った。

けれど、樹木化の進む身体は、勝手に拗《ねじ》くれてしまう。

嫌でも天を仰《あお》がされる。

「――――」

そして彼らは、常識の覆《くつがえ》る音を聞いた。

それは、万物を引き裂くような咆哮《ほうこう》であり、影の主からの明瞭な宣告だった。

その一声の後、グランニットから、動くものは消え去った。

残されたのは、乱立する樹木たちだけ。

生き物の飛び去る音を最後に、グランニット大農場は完全な静寂を手に入れた。

第二章　眠りの魔女

Nemuri no majo

「違う、右腕はもっと上じゃ、こら、腕に気を取られて腰が浮いておる」

少女の指摘が飛び、ライザーは「……はい」と息苦しそうに応じた。

ゆっくりと動き、姿勢を調整する。腕を水平にし、腰を沈めた。

そのライザーの眼前には、同じ格好の人形が立っている。正確には、ライザーの方が、人形の姿勢を真似《まね》しているのだ。鏡合わせになる二人組。対面の人形は、女中然としていた、例のシズだ。今は四肢《しし》の動きが判るよう、執事の服装に着替えていた。

自立する人形の動きに合わせ、ライザーもなぞるように動いていく。絵面《えづら》の馬鹿馬鹿しさに反して、ライザーの全身は小刻みに震えていた。静動を繰り返す筋肉が、負荷に耐えかねて痙攣《けいれん》しているのだ。地味に見えて、かなりキツい。

姿勢を変えるごとに、側で寝転んでいる少女から指導が入る。

「あっ、またずれたぞ。腰は落とすが、肘は落とさない、じゃからそこで肩を上げるな！」

「……はい」

ライザーの鼻筋から、玉の汗が滑り落ちる。着ている軍服は、シズによって修繕《しゅうぜん》と洗濯《せんたく》をしてもらっていたが、すでに汗水漬くだ。背中の生地は、色が変わっていることだろう。

何がどうして、こうなっているのか。

逃避をはじめた思考は、数刻前に遡《さかのぼ》った。

彼女の言う「面倒を見る」が開始したのは、出会ってから翌日の昼過ぎだった。

食事と休息を摂《と》り終えたライザーは、「まずは実力を見よう」と言われて、トンネルの外まで連れて行かれた。そして、六脚の獣の前に蹴《け》り出された。

とりあえず、普通に死ぬかと思った。

悪戦苦闘の末、這々《ほうほう》の体《てい》で隧道《ずいどう》に跳び込む。森の獣は日光を嫌がるらしく、それ以上は追ってこなかった。その後、青息吐息で湖まで引き返し、ぐったりと仰向《あおむ》けで倒れた。

この娘の「安心しろ」は、やっぱり安心できなかった。普通に死んでしまう。

「運動音痴《おんち》？」

ライザーの自己申告に対し、少女は怪訝《けげん》な顔をした。距離を詰め、ペチペチと身体のそこかしこを叩く。筋肉の付き方を確認しているらしく、「ふむふむ」とか呟《つぶや》いていた。

「でも、六脚獣は倒せたのじゃろう？」

「いや、それも小さいやつだったし、運もあったから……」

そしてこれは、蹴り出される前にも言った。

「運で勝てるような相手ではないのじゃが、まあよい、見ればわかることじゃ」

「だったら、蹴り出す前に見てもらいたかったな……」

ライザーの呟きは、当然のごとく聞き流された。

その後、少女はいくつかの指示を出した。

最初に言われたのは、「気をつけ」だった。ライザーが直立すると、彼女は「背筋が、それと肩もか、揃《そろ》っておらんようじゃな」と呟いていた。

次に「この石を前に蹴ってみよ」と、小さな石を指差した。蹴った石は、まるで明後日《あさって》の方向に跳ねていった。ライザーは首を傾《かし》げる。まあ、いつものことなのだけれど。

さらに続けて、もいできた果実を「切ってみよ」と投げてきた。慌てて剣を振り抜くも、わずかに上方を空振《からぶ》った。顔が熱くなる。これはちょっと恥ずかしかった。

しかし、彼女は気にした様子もなく「ふむふむ」と納得していた。

その後も、走らされたり、跳ばされたり、投げさせられたり。そうやって、散々いろいろやらされた挙げ句、最終的には「シズの真似をしろ」と言い渡されたのだ。

なぜという質問は、黙殺された。それで、現在に至る。

振り返っても、やはり判然としなかった。

命の恩人ということで従ってはみたが、自分は何をやらされているのだろう。

「こらそこ、動きが遅れておるぞ！」

「……はい」

ライザーは納得できない表情のまま、次のポーズに移った。

謎の鏡合わせは、動けなくなるまで行われた。

ライザーが仰向けに寝そべると、炎のような雲が東に流れていった。茜《あかね》色の空。久しく忘れていた存在に、自然と表情が綻《ほころ》んだ。その一方で、全身の筋肉は強張《こわば》っている。

疲労した身体は、動かそうとした途端、どこもかしこも攣《つ》りそうだった。これはしばらく動けそうにない。喉の渇《かわ》きを感じていたが、どうしたものか。そう思っていると、萌葱《もえぎ》髪の少女が、湖の水を掬《すく》ってきてくれた。なぜか「素手で」だったけれど。

「疲れたじゃろう、ほれ」

そう言って、小さな両手を顔の横に出す。だからなぜ素手なのだ。

家の中には、コップがあるだろうに。

ライザーが恥ずかしがっていると、彼女は唇に指先を当て無理矢理に流し込んだ。ほとんど顔にかかったし、そして噎《む》せた。横暴だと思う。

「げほげほほっ、何するのさ！」

「手間を取らせるでないわ。ほれ、次は俯《うつぶ》せじゃ。冷める前に身体を揉《も》み解《ほぐ》してやる」

そう言うと、彼女はライザーを転がし、背中に跳び乗った。

素足や指を使い、ぐりぐりと圧力をかけ始める。

それと同時、彼女はようやくと説明に入る。

「運動音痴にもいくつか種類があっての。お前が上手《うま》く動けないのは、イメージした動きと実際の動きとに、大きな隔《へだ》たりがあるからじゃ。じゃからまずは、それをなくそうと思う」

「イメージの隔たり？」

「そうじゃ。気をつけの時点で、お前は自分が思うておるようには、できておらなんだ。脳が認識している身体の位置と、現実の身体の位置とで、小さな誤差があるのじゃな。複雑な動作や咄嗟《とっさ》の反応は、誤差の累積で失敗しておるのじゃ。ずれが大きくなり過ぎるのじゃな」

「だから真似か。要するに素振りの応用なんだ」

「ほう、頭の出来は悪くないようじゃな。褒めてつかわすぞ」

そう言って、少女はペチペチと頭を叩いた。

（これ、褒められてるの……？）

いろいろと謎の多い娘だ。そもそも、この森にいる時点でおかしいのだけれど。しかし、言っていることや、やっていることは、あまり的《まと》を外していないようにも感じる。

あとはそう、信頼はできるだろうか？

「ところでキミは、ええっと、どう訊けばいいのかな、ああ、なんだろう、何もの？」

「散々悩んだ結果が、その問い方なのか。まあよかろう。私のことはユングと呼べ。後にも先にも何もつけるな、ただのユングで結構じゃ。

昔は《眠りの魔女》じゃとか、《神秘の申し子》じゃとか、好き勝手に呼ばれもしたが、可愛《かわい》くないからな。あとはそう、特に何もできないし、特に何もやらんが、昔から口出しだけは得意なのじゃ。じゃからまっ、安心して任せるがよい」

「ごめん。ちょっともう、キミの『安心しろ』は信用できない」

何せ、すでに一度、死にかけた後なのだ。

けれど、ユングという少女は、先ほど蹴り出したことなんて忘れているらしい。

清々しいくらい、不思議そうな顔をしていた。

「えっ、なんでじゃ？」

「自分の胸に手を当ててごらん」

「といっても、胸なんてないがな」

ユングは、なだらかな胸元に手をやった。

白いドレスの前の手は、確かに寂しげだ。静かな水面《みなも》に浮かぶ、孤独な帆船《はんせん》のよう。

ライザーは首を逸《そ》らし、その取っかかりのない壁面を見て納得した。

「うん、本当だね」

「本当だねって言うなッ、糞《くそ》たわけ！」

自分で言い出したくせに、ユングは柳眉《りゅうび》を逆立てた。横暴だと思う。

彼女は背中に乗ったまま、ペチペチと頭を叩いてくる。仮面があるので痛くはない。痛くはないのだが、しかし、褒めるときと怒るときとで、反応が同じなのはなぜだろう。

あれは本当に褒められていたのだろうか。

ライザーは、どっと大きく息を吐く。行き先不安な溜息が、近くの下草を靡《なび》かせた。

○

特訓を始めて一〇日が経った。

場所は変わらず、トンネルの奥地。湖の周辺でだけだ。

ライザーは、鏡合わせのコツを摑《つか》みつつあった。

慣れてくると、これもなかなかに興味深いものだ。ユングの指示に合わせ、正確を期すよう身体を動かす。それを繰り返すことで、腕も、足も、その他の肉体も、独立した器官ではないと悟った。それらは時計を形成する、歯車や振り子のようなものだ。

絡繰《からく》り細工は、全体で調和したとき、初めて有用な機能を発現させる。偏重や惰性《だせい》は、機能不全の原因だ。より複雑というだけで、人体にも同じことが言える。

機械時計が、すべての部品が嚙《か》み合ってはじめて正確な時を刻むよう、人間の身体も、すべての器官が嚙み合ってはじめて正確な軌道を描く。肝心《かんじん》なのは全体での調和だ。

この認識に至って以来、姿勢制御の精度は、明らかに上がっていた。

現金な話だが、努力の甲斐《かい》が出始めると、やる気も湧いてくる。

（筋肉の連動や、関節の可動域、認識の誤差、頭に入れて意図的に動かせば……）

ライザーは寝食を忘れるほど、鏡合わせに没頭していた。

目で人形を追いながら、意識は全身に巡らせる。一ヶ所に滞《とどこお》らせてはいけない。どこかに拘《こだわ》れば、そこから調和は崩れてしまう。半身に構え、両肘を軽く曲げ、そして……


「ゆゆしき事態じゃ」


藪《やぶ》から棒に、傍《かたわ》らの少女が呟いた。

ライザーは動きを止め、萌葱色の髪を振り返る。

見れば、指示を出すはずのユングが、三角座りでそっぽを向いていた。白昼堂々、職務放棄している。びっくりだ。その後頭部はまたも「ゆゆしき事態じゃ」とか呟いた。チラチラと視線も送ってくる。構って欲しそう。もう少しくらい、上手に仄《ほの》めかせないのだろうか。

「……何かあった？」

空気を読んで尋ねると、彼女はブンブン頷《うなず》いた。

次いで、神妙な面持《おもも》ちで身体をこちらに向け直す。なぜか正座になった。

視線を合わせていると、ずずずい、と正座のままで詰め寄ってくる。真剣すぎて、ちょっと怖いくらい。彼女の手が、ペンペンと下草を叩いた。「お前も座れ」ということらしい。

とりあえず、従ってみる。

正座で向き合う二人。

ユングは内緒話をするよう、顔を寄せた。

「実はの、退屈なのじゃ」

「そうなんだ」

ライザーは素っ気なく答えて、立ち上がろうとする。訓練を続けないと。

けれど、膝を伸ばし切る直前で、手を掴まれた。「まだ座っていろ」ということらしい。座り直すと、ユングは険しさを増した顔。なんだか、大変そうだ。

「それもじゃぞ。とても、とても、退屈なのじゃ。退屈なのじゃよ、糞たわけ」

「わかった。キミは退屈なんだ」

素っ気なく答え、立ち上がろうとして掴まれる。

ユングは不思議そうな顔。言葉の通じない異邦人を見つけたかのよう。

「ええっと、退屈なんじゃけど？」

「うん、もう聞いたよ」

「いいや、その顔は聞いておらん。ちゃんとは聞いておらん顔じゃ、糞たわけ」

ライザーはたぶんわかっていた。けれど、静かに座り直す。

ユングは立ち上がり、大仰《おおぎょう》な身振り手振りで熱弁する。

「いいか、考えてもみろ。五〇〇年越しの睡眠より目覚めてこっち、毎日毎日、冴えない男の変なポーズしか見ておらん。これはなんの懲罰《ちょうばつ》なのじゃ。いじめか。もっといろいろあるべきではないか、こう、女性に対する扱いとかが。ずっと放置とか、ぞんざいにすぎない？」

「つまり構って欲しい、と」

「露骨な表現は控えよ、もっとこう、気を遣ったゆるふわい感じで頼む」

「例えば？」

「ええっと、なんじゃ、一緒に遊ぼう、とか？」

「小さい子みたいだ」

「胸の話はやめろと言ったッ！」

「穿《うが》ち過ぎだよ……」

反論虚しく、ユングはペチペチと頭を叩いてくる。けれど、仮面があるので痛くない。

そういう顔をしていると、今度は彼女、仮面に手を伸ばしてきた。

「仮面で何を――うがっ！」

獣の上顎《うわあご》のようなものが、目の前を高速で横切っていく。

それも、がちゃがちゃと連続で。

どうやらユングが、仮面の開閉をものすごい速度で繰り返しているらしい。これが、めちゃくちゃ怖かった。下手《へた》に動くと、鼻とか噛まれそう。新次元の怖さだ。何だこれ。

「ひっ、まっ、ひっ、まっ、ひっ、まっ、ひっ、まっ」

「わかった。わかったから。リズムにあわせてガチャガチャしないッ!!」

ライザーは悲鳴のような声を上げる。

気をよくしたのか、ユングはしばらくの間、盛大にがちゃがちゃしていた。

○

「まっ、悪ふざけはさておき、根を詰めすぎるのは、逆に非効率じゃからな」

説明しながら、ユングは楽しげに木の根を蹴《け》った。

「熱心なのはよいことじゃが、集中力というのは、無自覚に下がるものじゃ。悪い集中力のときに無理をしておるから、悪い癖《くせ》を覚える。こういう息抜きも必要なのじゃ、実際な」

「悪ふざけの自覚はあったんだ……」

ライザーはやや陰鬱《いんうつ》な顔で、そのあとを追う。

二人は湖から離れ、森の中を歩いていた。

ユングは、衣装棚《だな》から取り出した革の長靴《ちょうか》を履《は》き、普段のワンピースドレスとは違う、動きやすいパンツスタイル。ライザーに言わせれば、これから乗馬でも始めそうな格好だ。

上機嫌な彼女の手には、角灯《ランタン》のようなものが握られていた。

ガラス筒の中には、火の代わりに発光する石が入っている。多面体で綺麗《きれい》な切り口の石は、ガラス玉のように透けた緑色。各面から淡い輝きを投射していた。

ライザーがその石は何かと尋ねたら、「拾っただけだから知らん」と答えられた。

ユングは、散歩を満喫《まんきつ》している。

虫がいれば捕まえ、木の実を見つければ拾ってポケットにしまい、石があればひっくり返して笑った。無邪気に楽しそうにしている。危機感はまるでなかった。

一方のライザーは、剣の柄から手を離さず、周囲に注意を払う。樹木となり、痛みを失ったはずの右腕が、かつての記憶から類似品《るいじひん》を送りつけてくる。獣への恐怖は、一〇日やそこらで忘れはしない。自然とその面容は鋭くなり、臓腑《ぞうふ》にも鉛《なまり》のような緊張が沈んでいた。

「辛気《しんき》くさい顔をしておるな、糞たわけ」

「獣が怖いんだよ」

「今だけのことではないわ」

ユングは首を巡らし、灯りを持ち上げて、ライザーの顔を照らした。

ライザーは両目を細め、樹木の右手を翳《かざ》す。

「そいつは、気負いかの」

「気負えるほどの実感なんて、持ちようないけどね」

自分は倒せといわれた敵の姿さえ、よく知らないのだ。ましてや、相手の強さや、そこに至るまでの道のりも、わかるわけがない。ただ漠然《ばくぜん》と《果てしない》だけだ。

「じゃからこそ、不安なのであろう。わからないからこそ、現状できることに縋《すが》る。それゆえの真面目《まじめ》さは、思考放棄にも似ておるな」

ライザーは答えない。口を結び、顔を逸《そ》らす。ユングは「違う、責めておらん」と困ったように微笑《ほほえ》んだ。「説明不足は、私の責任じゃ」とも。

木の根を蹴り上げ、距離を縮める。

白く柔らかな左腕を伸ばし、ライザーの硬い樹腕《じゅわん》に絡めた。

「こっちに来い、面白い気配がしておる」

「何かあるの？」

「わからん。見てのお楽しみじゃな」

ユングの歩みは、意外に速い。

ライザーは前を向き、小さな背中だけを見据えて歩く。

少しすると、右腕に違和感が走った。強く脈打つような感覚だ。

それと同時に、鼻先を青白い光が横切った。

首を巡らし、横切ったものを視界の中心に捉える。

極小の光が、森の闇を漂い、煙のように消えていった。

「今のは……？」

「あれだけではないぞ、ほら」

ユングの声で、再び意識を正面へ。

ライザーは「ほうっ」と息を吐いた。

先ほどの光が、辺り一面を飛び交っていた。最初は発光する虫かとも思ったが、違った。手を伸ばしても、青白いそれに実体はなかった。ただの光なのだ。

その光たちは、ライザーの身体《からだ》をすり抜け、群れを作るように集まり始めた。

通り抜けるのは、身体だけではない。樹木も、ユングの持つ角灯も、彼らの遊泳を妨げることはなかった。集まった光は一つの流れを作り、青白い河へと成長する。河の中の二人は、まるで星々の世界に迷い込んだかのようだった。

ライザーは呆然《ぼうぜん》と立ち尽くしていた。

驚きと感嘆《かんたん》を込めて、突然の運河を眺めている。

「これは一体……」

「わからんな」

「わからない？」

「考えても無駄じゃろう。この森には、古い植物が残っておる。それらの生み出す神秘が、今もこの場を満たしておるのじゃ。風に溶けた神秘は、世界の有り様を不確かにするからな。じゃからこの場所では、こうして不可解なこと、説明のつかないことでも起こり得る。これもその一つじゃ。ふふふ、なかなか、面白いものじゃろう?」

ユングは花が咲くように笑いかける。

ライザーは無思慮《むしりよ》に頷《うなず》きかけて、寸前で思い直した。幼い日の経験が、無邪気な同意を許さなかった。感動することを拒《こば》むよう、瞼《まぶた》を伏せて光から目を逸らす。

「キミの言う《神秘》は、ぼくらの呼ぶ《混沌《こんとん》》だ。《混沌》は厄災《やくさい》の種だ」

「呼び方なんぞ、どうでもよかろう。それに何を災《わざわ》いと捉えるかも、各々《おのおの》の価値観や、時勢によるではないか。昔は、『災い転じて』と言っておったものじゃ」

「それで誰かが、死んでしまっても?」

「そういう経験が、あるのじゃな」

ライザーは拳《こぶし》を握り、頷いた。短い言葉で説明する。

「昔の話だよ。密猟者《みつりようしや》の持ち込んだ花が、巡り巡ってある女の子の家に贈られた。自然異産の花だったけれど、そうとは知られずに。結果、その子の家族は、現代では存在しないはずの病で亡くなった。その女の子一人を残してね。転じようのない、不幸だった」

「憎んでおるのか、自然異産や、それに属するものたちを」

「いや、ぼくはそうならなかった。それでも、無邪気に喜べないだけ」

「……そうか」

ユングは、どこか淋しげに呟《つぶや》いた。

繋《つな》がっていたはずの腕も、いつの間にか外されている。

引き留める言葉も、繋ぎ止める動機も、ライザーは持ち合わせていない。だというのに、生まれてしまった距離には、いくらかの寂寞《せきばく》を覚えた。身勝手な男だと自嘲《じちょう》する。

獣が現れたのは、そのときだった。

○

その獣は、二本の脚に四本の腕を持つ、猿のような化け物だった。

相変わらず、黒い体毛に赤い目をしている。この森の獣に共通する特徴だ。

その猿もどきは、二人を見て動きを止めていた。

こちらの出方を窺《うかが》っているようだ。

ライザーは剣を構え、ユングを庇《かば》って前に出る。しかし、庇われたユングの方が、落ち着き払っていた。猛獣に対する怯《おび》えは感じられず、飼い猫を見るような余裕さえある。

だからだろうか、「ちょうどいい」なんて言葉が出るのは。

ライザーは、苛立《いらだ》ち混じりに問い質《ただ》した。

「何が、ちょうどいいんだッ？」

「実感が欲しかったのだろう。ならば、ちょうどよい」

「笑い取ってる場合じゃ――」

「ないじゃろう。仮面を閉じろよ、糞《くそ》たわけ」

ユングは顎を反らし、目を眇《すが》める。

猿もどきが動き出した。六肢《ろくし》を繰り、木々の合間を駆け抜ける。

ライザーは目で追うが、たちまち見失った。

目に頼るのを止めて、認識の主体を聴覚に変更する。頭上で物音。

振り仰《あお》いだ直後、樹上から鋭い爪が襲った。それも四肢分の爪だ。

人間の腕は二本しかない。防御では守り切れない。

ライザーは咄嗟《とっさ》にユングを突き飛ばそうとして、逆に脇腹を蹴り出された。猿もどきの爪が、虚空を掻《か》き抉《えぐ》る。猿もどきは、着地と同時に近くの樹へと飛び移った。樹木を足場にして、縦《じゅう》横無尽《おうむじん》に動き回っている。人ならざる獣の動きだ。

ライザーは受け身を取って体勢を立て直す。真意を問い質すべく、ユングを一瞥《いちべつ》。しかし彼女は、感情の読めない顔で「仮面を閉じろ」と繰り返すばかりだ。

諦めて猿もどきに集中。下草を掻き分ける音。今度は下からか。

「そこッ！」

振り向き様に払った剣が、毛深い腕の一本を掠《かす》めた。

猿もどきの方が、強引な跳躍で避けたのだ。そして再び、樹上へと逃げる。こうなると、ライザーには攻め手がない。目を凝《こ》らすが、茂る枝葉に紛《まぎ》れて見失う。

しかし、今のは惜しかった。ほんの一、二歩近ければ、腕の一つは取れていた。

（ダメだな、とにかく動きを止めないと、話にならない……）

そう判断しつつ、顎当てを押し上げ、仮面を引き下ろした。

特に変化はない。視界が狭まっただけだ。

「アイギギギッ！」

猿もどきが、樹木の中腹から横っ跳びで迫る。

身を捻《よじ》って躱《かわ》すと、今度は跳び込んだ先の樹木を蹴り、ライザーの左肩に跳び着いた。爪が肩の肉を抉り、不揃《ふぞろ》いな獣牙が喉《のど》を狙う。咄嗟に樹木の右腕を噛《か》ませた。猿もどきは異常な噛み応えに驚き、隙《すき》を見せる。右腕を噛ませたまま、近くの樹木に叩きつけた。腕に食い込んでいた牙が、衝撃で折れる。

けれど、猿もどきはものともせず、またしても跳躍した。

好戦的にもほどがある。痛覚はないのだろうか。

（なるほど、樹木の方なら腕力で勝てるか。だったら、機動力さえ削《そ》いでしまえば……）

ライザーは、対策を考えながら気づいていた。

以前より、身体の調子がいい。反射で振った剣が当たり、敵の攻撃も一度は躱せた。意図したように動くとは、こういうことなのだろう。たった一〇日でも、確かに違う。

（けどッ、感心してる場合じゃないッ！）

ライザーは走り、枝を潜り抜け、滑り込んだ先で若木を見つける。剣を振り被《かぶ》り、その幹に打ち付けた。急いで引き抜き、振り返ったところに猿もどき。よく来てくれた。

限界まで低く地を這《は》い、跳び込んでくるのを間一髪《かんいっぱつ》で躱す。猿もどきは、樹を足場にしようとして体勢を崩した。切り込みの入った幹が、衝撃に耐えきれず折れたのだ。

相手は空中で無様な姿を晒《さら》している。

狙い通りの好機到来。

ライザーは落とした姿勢を引き上げ、素早く剣を構える。

「せやッ！」

振り抜いた剣尖《けんせん》も、骨を断つのに十分な速度だ。

しかし――、

「アグギギッ！」

猿もどきは、四本の腕を剣に叩きつけ、傘回しの要領で白刃の上を転がり抜けた。

その回転の勢いに乗り、無傷の四腕が、ライザーの喉頸《のどくび》に殺到する。

（この猿もどき、なんて芸達者なッ！）

仕留めるために縮めた間合いが、逆にライザーを窮地《きゅうち》に追い込む。

獣の爪が、肉に食い込み、頸椎《けいつい》を折りかけたそのとき、白い細手が割り込んだ。

「なるほど、やはり機転は利《き》くようじゃな、糞たわけ」

繊細な少女の指先が、猿もどきの額を一撫《ひとな》で——それだけだった。

けれど、たったそれだけで、猿もどきは攻撃の手を止めた。それどころか、一切の抵抗を忘れて、ズルッと地面に落ちていく。わずかな沈黙のあと、不細工ないびきが聞こえてきた。

ライザーは仮面を開き、いくらか咳《せ》き込みながら、滲《にじ》んだ冷や汗を拭《ぬぐ》う。

樹木に背中を預け、視線を動かした。

ユングは、ライザーに背を向けたまま佇《たたず》んでいる。

ライザーは、彼女の後ろ姿に《眠りの魔女》という言葉を思い出した。

萌葱《もえぎ》髪の少女からは、得体の知れない気配。

人智を超えた何かとして、そこに立っていた。

「言っておらんかったが、私は人ではない。どちらかといえば、お前の倒そうとしている世界樹や、この光たちの方が、存在としては近しい。お前の喜べない、混沌の生みしものじゃ」

無邪気さのない、冴え冴えとした声だった。

癖のある髪を揺らし、太古《たいこ》の魔女は振り返る。

あまりに神秘的な虹色の瞳は、それでもやはり淋しげで、静かに問い掛けた。

「私を軽蔑《けいべつ》するか？」

ライザーは押し黙った。不用意な返答は許されない。すでに自分は、一つの答えを出しているのだ。その上で、それを覆《くつがえ》す言葉が、自分の中にあるだろうか。

自問するライザーは、しかし、答えよりも先にあるものを見つけてしまった。

一〇日ほど前に聞いた、音叉《おんさ》のような金属音。

そして、視界の端に映るもの。とても嫌な予感がした。

「……糞たわけ？」

目を凝らす。この奥の樹だ。そこに何か、大きなものが引っ掛かっている。

鈍る足を動かし、ゆっくりとだが、近づいていく。

一本の若木の前に立ち、予感の正しさを知った。

若木の幹に食い込むかたちで、特徴的な武器がぶら下がっている。間違えようがない。こんな鉈《なた》の怪物みたいな武器は、ヌルワーナにも一振りだけだ。

大王鉈《エルンブラスト》。

それでは、この樹はなんなのだ。

大王鉈を飲み込みながら生えている、この黒く捻れた樹木は。

どうして自分は、右腕を押さえているんだ。こんなとき、樹木になった腕なんか。

いや。そんなことはあり得ない。

だって彼は、《サバルカ・ジャファフット》は、最強の混沌狩りで――

「イルマンシルにやられたな」

ユングの一言が、現実を突き付けた。その直後、彼女はキッと視線を上げる。

ライザーも随従《ずいじゅう》し、その双眸《そうぼう》でついに捉えた。

自分の背負った、宿命の姿を。


大気を切り裂く轟音《ごうおん》と、木の葉を吹き飛ばす暴風を引き連れ、樹木の飛竜が横切った。


生物の限界を超えた、塔《とう》のような巨体。

城壁さえ一撃で粉砕《ふんさい》するであろう、剣山のごとき尾。

蒼空を統《す》べる、左右一対《つい》の大翼。

そして、世界樹の名に恥じない、樹木でできた異常な体軀《たいく》。

ついでにようやく、仮面の原型にも辿《たど》り着いた。

流線型の頭部には、二本の角《つの》が生えている。

何から何まで規格外だった。人間の理解を超えている。

世界樹《イルマンシル》。

旧《ふる》い世界で無敵を誇ったという怪物は、その姿だけで心を挫《くじ》くに余りあった。

（……ぼくが、あれと戦うのか？）

馬鹿げた妄言だ。あんな巨大な生物が、人間に倒せるものか。見ればわかる。生き物としての格が、絶望的に違う。巨象と蟻《あり》より、タチが悪い。勝ち目なんてあるはずがなかった。

虚脱感に襲われるライザーは、そこでふと思い至る。

サバルカが、樹木にされた。

それでは、同行していたはずのキリシエは？

「まさか……」

ユングから灯りを奪い、慌てて周囲を見渡す。

もしも、キリシエの持ち物があったら。あってしまったら。

ライザーは、樹皮を捲《めく》り、土を掘り起こして、彼女の痕跡を探した。正確には、彼女の痕跡が「ない」ことを確認しようとしていた。血が滲《にじ》み、爪が剝《は》がれるのも気にせず、手当たり次第に辺りを掘り返す。不可能な証明だとも気づかず、「ないことの証明」に挑み続ける。

ユングは、急変したライザーの様子から、何ごとかを察した。

「他にも知り合いがおったか。だが、案ずる必要は少なかろう。人間らしき気配は、目の前の一つからしか感じぬ。このものが、上手《うま》く逃がしたようじゃな。イルマンを相手にして、大した戦士じゃ。……っと、やはり重いな、此奴《こやつ》」

彼女はそう言いながら、大王鉈《だいおうなた》を引き抜いた。細腕では支え切れず、そのまま地面に落としている。衝撃で腐葉土が捲れ、大王鉈は自重で横たわった。

ライザーは脱力し、崩れるように膝をつく。

首だけ動かし、大王鉈を見た。鉈の大王——伝説の怪物殺し。

しかし、その神製具ですら、《イルマンシル》の偉容の後では霞んでしまう。

「ぼくは、あれに勝てるほど、強くなんかなれるのか……？」

ライザーの口から、縋《すが》るような問いが零《こぼ》れた。

けれど、ユングは答えない。

ふと仰《あお》ぎ見れば、彼女は意思によって作られた無表情を持ち上げ、空を睨《にら》んでいた。世界樹が通り過ぎたあとを、どこまでも一途《いちず》に。少し大人びた十四歳くらいの面立《おもだ》ちだが、その強い眼差《まなざ》しには、輝く星々よりも長い時間を生きたような凄《すご》みがあった。

神秘を纏《まと》う少女は、空を見つめたままで答える。


「勝ってくれ」


短いながらも、その声は震えていた。

恐怖によるものか、怒りによるものか、またはそれ以外の情念があるのか、それらすべてなのか。そこに秘められている想いを、読み取ることはできなかった。

自分と彼女は、それが可能なほど近くにいない。

理解し合える距離に、自分たちはいなかった。

けれど、ライザーはその震えを見て、遅まきながら解答を見つけたように思う。

今は理由など、わからなくてもいい。理解など、及ばなくてもいい。

覆《くつがえ》す言葉なんて必要ない。

そんなものがなくても、この足は動く。

怖《おじ》ける膝を奮《ふる》い立たせ、泣き出しそうな少女の隣に並ぶ。

今度は自分から、手を伸ばした。震える少女の掌《てのひら》に、自分の掌を重ね合わせる。こっちまで情けなく震えているのは、次回までの課題だ。

彼女に開けさせてしまった距離は、自分で埋めていこう。

ライザーはようやく同じ空を眺めながら、新たな覚悟を込めて頷《うなず》いた。

「――――うん」

○

「ふッ」

短い呼気で打ち出した拳が、鏡合わせの拳とぶつかる。

続く回し蹴《げ》りも、二つが同じ軌道を描き、今度は当たる寸前で止まった。

至近で打ち合う、肘、掌底《しょうてい》、手刀。すべて寸止めだ。即座に離れ、構え直した姿勢も全くの同じ。対面する二者の動きには、寸分の狂いもなかった。

それはもう、どちらが真似《まね》をしているのか、傍からでは区別できないほどだ。

「よし、イメージと現実の溝埋めは、とりあえず完成じゃろ。まさか、三〇日でここまでやるとはな。まったく、呆《あき》れた集中力じゃわい。どうかしておるんじゃないか、糞《くそ》たわけ」

休憩中、ユングはそう言って、ライザーの頭をペチペチと叩いた。

これでも当人は、存分に褒めているつもりらしい。相変わらず、どうも褒められている気がしなかった。謎な褒められ方である。そしてその呼称。言い方だって他にないものか。

文句はいくつでも浮かんでくるが、ライザーは何も言わずに苦笑した。

湖の端に腰を下ろし、足を浸けたまま、大人しく叩かれておく。へそを曲げられて、仮面をがちゃがちゃされても堪《たま》らない。ユングはわかっていないが、あれは真剣に怖いのだ。

ライザーは、下草に両手をつき、視線を小屋の裏手に送る。

そこに寝かしつけてある、一振りの怪物を見る。

大王鉈《エルンブラスト》。今では小屋の裏手が、彼の定位置になっていた。

「まっ、あんな怪物を倒すっていうんだから、大抵の無理は押して通すよ」

「そうか。しかし惜しいな、いい武器なのは間違いないのじゃぞ？」

「言い出しても仕方ないよ。ぼくの体格じゃ、使い熟《こな》せそうにない」

ライザーはそう答えて肩を竦《すく》める。

実は一度、大王鉈を武器にしようと、試みたことがあったのだ。結果はまるでダメだった。ライザーの体格に比して、あれは重すぎるのだ。

どう振ろうにも、体幹がぶれまくって思うように動けない。無理を押しても、破壊的な慣性によって腰を捻《ね》じ切られるのがオチだ。そういうわけで、今では文字通りの「無用の長物」と化していた。ユングの言う通り、勿体《もったい》ない気もする。けれど、仕方がない。

ライザーは、大王鉈への未練を断ち、ユングの方へ向き直る。

「それで、次はどうしたらいい？」

「そうじゃな。ここからは、第二段階に移るとしよう。次にやるべきは、イメージする《理想的な動き》を知ることじゃ。それは、実戦で学ぶのが一番じゃろ。『大抵の無理』では、利《き》かんかもしれんがの……」

「実戦っていうのは？」

「森に入り、六脚どもと戦うのじゃ。その中で覚え、盗み、見出《みいだ》してこい。お前の身体《からだ》で実現できる、最良の戦闘様式を。あとはそうじゃな、その右腕の使い方も」

言ってユングは、ライザーの右手を握る。

樹木の右腕。この右腕は、強く念じれば、形状を変えられるらしい。それもある程度、任意の形でだ。鏡合わせの練習中に発見した特性だった。右腕の感覚だけ異常に摑《つか》みづらく、四苦八苦の末に気づいたことだ。形が定まっていないから、普通の人体とは、やり方を変える必要があった。

　ユングはこの腕が切り札になり得ると、そう考えているようだった。


身じたくを済ませ、ライザーはトンネルを歩く。

その手には二日分の水と食料が、腰には使い慣れた両刃剣を佩《は》いていた。

見送りのユングが、ひょいっとライザーの背中に跳び着く。彼の背中に全体重を預けると、ぐいっと首を伸ばした。顔を近づけ、耳元で囁《ささや》く。

「わかっておるとは思うが、くれぐれも無理はするな。シズとの組み手で、最低限の自衛はできるじゃろうが、あくまで最低限じゃからな。死んでしまっては、もともこもない。あとはじゃな、二日おきでよい、ここにも帰ってこい」

「わかってる。根を詰めすぎるのは、逆に非効率なんだろ？」

「たわけ、大事なのはそこではないわ」

ユングは膨《ふく》れっ面《つら》で仮面を叩いた。その勢いで、上顎《うわあご》の部分が滑り降りる。

ライザーは顰《しか》めっ面で仮面を押し上げ、首を捻って訊き返した。

「ええっと、それじゃ、どこ？」

ユングは背中から降り、ライザーの正面に回り込む。

背伸びをして仮面の角《つの》を掴むと、体重をかけて互いの顔を引き寄せた。

突然、鼻先が触れあうほどの距離になる。

見れば、虹の瞳は獲物を定めた猛禽《もうきん》のよう。ユングは、所有物に名前を書くみたいに、ライザーの頬《ほお》を人差し指で撫《な》でる。なめらかに滑る指が、くいっと顎を持ち上げた。

「お前がおらんと、私が淋しいじゃろう、糞たわけ？」

不意打ちの言葉で、ライザーは思わず赤面する。慌てて仮面を引き下ろすと、ユングは「それはずるくないか？」と不満そう。「ずるくない、ずるくない」と答えておく。

不満そう。ずるいのはどっちだ。

ライザーはわしゃわしゃと萌葱《もえぎ》の髪を撫で、照れ隠しのついでみたいに出発した。

およそ人間の生存を許さない、混沌《こんとん》の支配する、太古《たいこ》の森へと。

第三章

世界樹

Sekaiju

ibaramichi no eijutan

左手を持ち上げ、顎当《あごあ》てに添える。押し上げるようにして口許《くちもと》へ。

そこで一度、手を止める。

続けて、右手は頭頂部へ。仮面の眼窩《がんか》に指先を入れ、上部を引き下ろす。

ちょうど鼻先の辺りで、二つの部品を噛《か》み合わせた。

竜の顔が完成する。

戦闘の前に行う、お決まりの作業だ。あんまり繰り返すので、最近では儀式めいてきた。その影響なのか、気持ちの切り替えも、仮面の開閉と一緒に行えるようになっていた。

ライザーは戦闘用に仕上げた呼吸で、獲物を待つ。

背後から忍び寄る獣たちの気配にも、とっくの昔に慣れてしまっていた。


六脚獣たちは、相変わらず強かった。

戦い始めて二ヶ月は、何度も死ぬかと思った。だから、何度も逃げ出した。戦う技術より逃げる技術の方が、ずっと多く身に付いたくらいだ。中でも、右腕を蜥蜴《とかげ》の尾のように切り離す技は有効だった。獣の動揺《どうよう》を誘えて逃げやすい。樹木の腕は、集中すれば三分ほどで作り直せた。他にも、蔦《つた》で作った投網《とあみ》もいい。脚が多い分、あれらはよく絡まる。

そうやって逃げ回る中で、見極めてきた。

自分の実力と相手の実力を。

ぎりぎり勝てる限界を突き、動きを、技術を、駆け引きを、戦いの作法を覚えていった。そして、次のぎりぎりを探した。極限を繰り返し、限界の枠線《わくせん》を引き直し続けた。

そのうち、戦うことさえも日常に変わっていた。

だから今、二頭の獣に挟まれても、ライザーは動じない。

戦闘に慣れた頭が、淡々と状況を処理してくれる。

最善の動きを選び出し、実際に可能か精査する。

必要なのは、それだけだった。動揺する時間など、ありはしない。

「ふしゅるるるるるるる」

初日に出会った、牛のような体軀《たいく》の猫のような六脚獣。呼称は、大猫もどきにした。

体格のいい二頭が、ライザーを中心に円を描く。

即座に挑みかからないだけ、彼らには知性があった。

いつまでも逃げ出さない程度の愚《おろ》かさと同時に。

ライザーはそう思って苦笑した。慢心はよくない。獣が来る。

「しゅるるるッ」

一頭が先行し、勢いのままに跳びかかってきた。単純だが、体格差と速度を考えれば、十分な脅威だ。まともに受けず、入り身で擦れ違うように躱《かわ》す。

擦れ違った勢いを殺さず、ライザーは残りの一頭の方へと走った。

相手は後ろ脚二本で立ち上がり、威嚇《いかく》の咆哮《ほうこう》。残された四脚を振り被《かぶ》った。

こちらの腕は二本。

正面から打ち合ったのでは、彼らの手数に敵《かな》わない。

かつてはそう思っていた。

ライザーは、過去の誤りを笑い飛ばすと、先に振り下ろされた右側の二脚に対して自分から当たりにいく。剣をあてがい、腕に沿って回転しながら相手の懐《ふところ》へと潜り込んだ。

密着するほどの至近であれば、大振りの爪など当たらない。

この瞬間、左の二本は無視できた。

大猫もどきは、予想外の反応に対し、わずかにまごつく。ライザーは左手の剣で相手の頭部を牽制《けんせい》しつつ、右手を大猫もどきの腹部に添えた。右腕に意識を集中する。

イメージするのは、無数の花だ。

「——咲け」

樹木の右腕が、大猫もどきの腹筋に突き刺さった。刺さった樹腕は腹の肉を抉《えぐ》り、体内で枝分かれする。鋭い枝先が、五臓六腑《ごぞうろっぷ》をズタズタにしながら、背中から飛び抜けた。

咲き乱れる、樹木製の槍。

大猫もどきは完全に息絶えていた。内側から押し出されたのか、臓物《ぞうもつ》や血液が、口や鼻、傷口から零《こぼ》れていく。これでまずは一頭。惨《むご》いとは思うが、彼らの生命力を思えば、これくらいのダメ押しは必要だ。

しかし、このやり方にも問題はある。あとで食べられないのだ。

だから残りの一頭は、趣向《しゅこう》を変えよう。

腹から右腕を引き抜き、邪魔な枝を払い落とす。そこから、本来の腕に形成し直した。一から作り直すのでなければ、この程度は然程《さほど》時間も掛からない。

同胞《どうほう》を殺された大猫もどきは、勝手の違いを理解したらしい。今まで、自分の狩られる可能性を知らなかったというのだから、羨《うらや》ましい生き物だ。

生まれながらの強者《つわもの》。自分とは大違い。

「でも、今は同じ舞台の上だぞ」

迷った末、大猫もどきは再びの突進。

生来の強さのせいか、工夫《くふう》の足りないやつだ。

ライザーは右腕から蔦を伸ばすと、それを地面に垂らした。立ち回りで大猫もどきを誘導しながら、蔦を相手の後ろ脚に絡める。しっかり絡ませてから、獣の肩を踏み台に跳んだ。猿もどきの要領で樹木を蹴《け》り登り、上方の枝を跳び越える。そのまま着地して、右腕ごと蔦を引っ張った。牛のような重みも、樹木の腕ならどうにかできる。丈夫そうな枝を支点にして、大猫もどきが逆さ吊りになった。そこを見計らい、首の動脈を撫で斬りにする。こうすると、血抜きまで同時に行えるのだ。

ここまで来るのに四ヶ月。


最近では、大型の獣が相手だろうと、十分以上に渡り合える。

自分は確かに強くなった。

獣相手ならば、軽くあしらえるほどに。けれど――、
轟音《ごうおん》と暴風が、狩りを終えたライザーを叩いた。木の葉が舞う中で眼を凝《こ》らせば、剝《む》き出しの枝の向こう、四ヶ月前と変わらない偉容が横切る。

竜の形を取り、遙《はる》か天空を行き交う、非常識な樹木。

世界樹《イルマンシル》。

あの怪物は度々《たびたび》、低空で森の上を抜け、どこかへと飛び去っていった。

ライザーは滑空する後ろ姿を睨《にら》む。その頭はいつも通りにイメージしようとして、無残にも失敗した。世界樹が相手になると、自分の戦う姿を思い描けなくなる。

あれの立つ舞台は遠すぎて、未だに想像すら及ばなかった。

やはり、慢心している暇はない。

自戒《じかい》を強くし、血を拭《ぬぐ》ってから剣を納めた。続けて、仮面に手を掛ける。被るときとは逆の

手順だ。外気に晒《さら》された鼻腔《びこう》が、新鮮な血の臭《にお》いに怯《ひる》む。

二つ分の命の重みが、今さらのように剝き出しの心を軋《きし》ませた。

○

「この辺り、やけに冷えてきたな……」

ライザーは火を起こし、薪《たきぎ》をくべて手を翳《かざ》す。

感覚の消えかけていた左手から、痺《しび》れるように血の気が戻ってきた。枝の爆《は》ぜる音が、耳にも暖を運んでくれる。けれどまだ、吐く息は白く煙った。ライザーは二つの手を揉《も》み合わせながら、近くの樹木を見やる。木肌には霜《しも》まで張っていた。

「ダメだ。ここ、早めに切り上げよう」

そう呟《つぶや》き、ライザーは荷物をまとめる。

棘《おどろ》の森を歩いていると、それなりの頻度《ひんど》でこういう場所に出くわした。

周囲の環境とは、明らかに異なる地点。異なり方はそれぞれだった。

そこら一帯が塩だらけの場所や、呼吸しているだけで酔いが回ってくる場所。他にも、やたらと火の付きやすい場所とか、身体《からだ》が重くなり、立っていられない場所なんてのもあった。一貫しているのは、そういう場所に着くと、樹木の右腕が脈打つことくらいだ。

ユングに聞いたところ、「神秘の吹き溜まりじゃろう」とのことだった。

以前、浮遊する光を見たのも、そういう場所の一つだった。ただし、吹き溜まりはその場に固定されているわけではなく、時期などによって位置を変えるものらしい。自然異産が、予測も制御も受け付けない原因だ。

「うわ、肉も半分凍ってる」

ライザーは右腕で荷を持ち、樹に吊していた獣肉を担《かつ》ぐ。

今日のところは、ユングのいる湖に戻ろう。前に帰ってから、確かもう二日くらい経っているはずだ。あまり間隔を開けると、帰ったときが怖い。がちゃがちゃ的に。

ライザーは仮面に意識を向け、むくれた少女を想像して苦笑する。

けれどすぐ、表情を引き締めた。今、何か聞こえた。

荷物を置き、地面に這《は》って耳を寄せる。足音が複数。そのうちの二つは、聞き慣れた六脚で走る音、獣だろう。残りは二本足だ。数は四つ。そのうち三つが、塊《かたまり》になっている。

ライザーは、情報をイメージに変換する。

何ものか一人が、獣二頭を率《ひき》いて、逃げる三人を追っている。森の獣を手懐《てなず》けるなど、可能なのだろうか。自分の予想に疑問を抱きつつ、ライザーは仮面を閉じた。

荒事の気配は、嫌ってほどに。しかし、無視はできない。

ライザーは、肉を樹の上に放り投げた。続けて荷物も。残った剣だけを帯びて、森の奥を見据える。音の遠ざかり具合から察するに、走れば二分で追いつけるだろう。

ライザーは腰を屈め、木立を縫《ぬ》うようにして駆け出した。

○

「あともうちょっと、もうちょっとじゃけん、ね？」

アイネ・スキャットマンは、弟の手を引きながら、何度もそう声を掛ける。

けれど、弟のビルは足を引きずり、苦しげな息を吐き出すばかりだ。足を噛まれた際、毒をもらったのだろう。顔色は黄みがかり、先ほどから何度も吐いていた。

弟の隣にはもう一人――ホルンという名前の少女もいる。

彼女の方は怪我《けが》こそしていないが、それでもやはり、体力的には厳しい頃合いだろう。

二人ともまだ幼い。一〇歳を越えたばかりだ。同胞《どうほう》の証《あかし》である角《つの》だって、髪からわずかに覗《のぞ》く程度。逃げる力が、足りていなかった。

背後からは、獣の迫る気配。

黒頭巾《くろずきん》の密猟者《みつりょうしゃ》たちが使う、お決まりの猟犬――スキバーだ。

毒蛇の頭に、狼の身体を持つ、稀少な六脚獣だった。部族の成人男性――それも戦士階級でさえ苦戦する、厄介《やっかい》な相手だ。ましてや女のアイネでは、手に余る。

何より、スキバーたちを使役する黒頭巾の男たちが、それ以上に強かった。

密猟者《おお》はいつも、黒い頭巾に、鳥獣を模《も》した仮面を被《かぶ》っていた。そして、黒い外套《がいとう》で上半身を覆っている。アイネたちは、その外套の凶悪さをよく知っていた。そこに仕込まれている多数の暗器が、多くの同胞を傷つけ、捕縛《ほばく》したのだ。

付いた呼び名は、《黒布の死神》。

決して敵《かな》わない災害だから、神と呼ぶのだ。

自分たちにできるのは、逃げることだけだった。幸い距離を詰められてはいないようだ。アイネはそう安堵《あんど》しようとして、唐突《とうとつ》に相手の意図に気づいてしまった。

（もしかして、本気で追っとらん。まさか、集落まで案内させよるんじゃ……）

アイネは振り返る。スキバーと黒頭巾は、遠ざかることなく、詰めることもなく、先ほどから一定の距離を保っていた。その足取りには、明らかな余裕が見て取れる。

アイネは愕然とした。気づいてしまったが故の絶望が、彼女の膝を折りかけて、そのときだった。彼女は両足を踏ん張り、幼い二人を両手で押し留める。

乱れていた呼気を、思わず飲み込んだ。

彼女の視線の先――いつの間にか、新手の死神が、先回りしていた。

その一人は、他の密猟者とは少し様子が違うようだった。

仮面をしているのは同じだが、頭巾も黒い外套もつけていない。しかし、そんなものは些細《ささい》な違いだ。彼の立ち姿からは、もっと異様な気配がしている。空気の歪むような、息の詰まる威圧感。苛烈《かれつ》な暴風が、人の姿を得たかのようだった。

背後に迫る二頭と一人より、眼前の彼の方が、その何十倍も危険だ。

森に生まれ、森で生きた一八年の経験が、アイネにそのことを教えていた。

(目の前のあれが、死神の首領じゃろうか……)

そう思いつつ、アイネは幼い二人の前に出た。

『せめて子どもたちだけでも』

そう命乞《いのちご》いをするつもりだった。けれど、竜面の密猟者は、自分たち三人を一瞥《いちべつ》し、左手で剣を抜いた。命乞いする暇も、与えてはくれないらしい。

アイネは、死を覚悟して瞼《まぶた》を閉じた。

「いいいいい」

「止まらないで」

しかし、彼はそう囁《ささや》くと、自分たちの脇を素通りした。

そのまま、先行していたスキバーに歩み寄る。

彼らの衝突は、一瞬だった。

竜面の男は、跳びかかったスキバーの鼻先を右手で摑《つか》み、容易《たやす》く捻《ねじ》り上げた。

あのスキバーが、蛇とも狼とも似つかない、情けない声で鳴く。竜面の男は、意に介さなかった。右腕の一つで動きを封じたまま、左手の剣を下顎《したあご》に突き刺す。鉛色《なまり》の刃が、顎から脳まで貫いて、それで終わりだった。

スキバーは力を失い、動かなくなった。

竜面の男は、死体から剣を引き抜くと、黙って鞘《さや》に納めた。

その後で、死骸《しがい》を無造作《むぞうさ》に投げ捨てる。アイネは、彼の手際《てぎわ》に身震いした。

信じ難いことだが、獣を殺し慣れている。

黒頭巾と残されたもう一頭のスキバーが、警戒して足を止めた。彼らにとっても、この状況は想定外だったらしい。今まで見たことのない、警戒した様子。けれど二つ、アイネには、わかっていることがあった。

まず一つ、彼がでたらめに強いこと。

そしてもう一つ、どうやら彼が、敵ではないらしいということ。

だって、仮面から覗く彼の瞳は、とても怒っているように見えたのだから。

○

先回りして目にしたのは、頭に二本の角を生やした女性たちだ。

子どもが二人と、保護者らしき女性が一人。

そして、彼女たちを襲っている獣二頭と黒頭巾。

予想通りの状況だった。予想通りのはずだったが、実際に目にした瞬間、煮え立つほどの怒りを覚えた。勿論《もちろん》、彼らの事情は何も知らない。しかし、女性や子どもを襲っていい、正当な事情というのも、ライザーには思いつかなかった。

だからとりあえず、一頭殺した。仮面を開いても、罪悪感は抱かないだろう。皆殺しにしなかっただけ、有り難いと思って欲しい。そうだ。自分は落ち着いている。怒ってはいるが、それも理性的にだ。その証拠に、剣は納めた。話し合いの余地は示している。ああ、でもしまったな。血を拭うのを忘れていた。うっかりだな。

「――――」

黒頭巾の男が、何か言った。しかし、よく聞き取れない。

無視していると、黒頭巾は外套から片腕を出した。握っているのは、小振りの刃物だ。暗闇に紛《まぎ》れる、黒塗りの山刀だった。山刀を正面に構えて、彼は走り出した。

身のこなしが、熟練者のそれだ。話し合いの余地は消えた。

まぁ、そういうことなら、それでもいい。

黒頭巾は距離を詰め、肘と手首を使った速度重視の刺突《しとつ》。それを連続で繰り出す。

ライザーは右手で悉《ことごと》く払い、反撃の隙《すき》を窺《うかが》う。

黒頭巾が、隠していた方の片腕を出した。握っているのは砂鉄だろう。目潰しとして投げてくる。ライザーは仮面の眼窩《がんか》を左腕で庇《かば》う。その隙を突き、黒頭巾は口笛を吹いた。

デザイナーの悪ふざけとしか思えない犬蛇が、角つきの彼女たちに向かう。

「いい加減にしろよ、お前ら」

ライザーは、死角からの刺突を右の掌《てのひら》で受け止めた。手の甲まで貫通するが、樹木の方なので問題ない。構わず押し返し、山刀ごと握り込んで相手の指を捻り折る。

黒頭巾は、驚愕《きょうがく》と苦悶《くもん》で怯《ひる》んだ。ライザーはすかさず、黒頭巾の横っ面を摑み、手近な樹木に叩きつけた。男の仮面が砕け、ずるりと崩れ落ちる。

そのときにはもう、ライザーは獣を追っていた。

右手に刺さっている、黒頭巾の山刀を流用する。背後から跳びかかり、犬だか蛇だかを馬乗りで押さえ込む。抵抗されるより早く、頭蓋骨《ずがいこつ》と環椎《かんつい》の間に黒い刃を通した。そこで油断はしない。相手の下顎を持ち上げながら左腕を回し、喉笛《のどぶえ》も掻《か》き切った。返り血が、仮面の表面を汚す。すぐ近くで悲鳴。山刀は刺したまま、顔を上げた。

獣の血飛沫が、幼い少女の顔にも届いてしまったらしい。

「ごめん、汚しちゃったね」

ライザーは、血を拭おうと手を伸ばした。けれど、少女が酷《ひど》く怯《おび》えたので引き戻す。

ライザーは、保護者の女性を見やる。鹿のような細い角を持つ、妙齢の女性だ。彼女も返り血を浴びていたが、表情はしっかりしていた。若いが、芯の強そうな女性だ。

彼女は視線の意味を汲《く》み取り、子どものたちの手を引いて走り出した。

ライザーは「怖がらせ過ぎたな」と自戒する。感情に任せるのは上手《うま》くない。戦い方もいつもより雑だった。先ほどのは、右腕の奇襲が利《き》いたに過ぎない。冷静に対処されていれば、違う結果だってあり得たかもしれない。

それでも、年長の女性は去り際、一度だけ頭を下げてくれた。上手くはやれなかったが、及第点くらいは取れただろうか。

ライザーは、それでようやくと落ち着きを取り戻す。

とりあえず、倒した黒頭巾を尋問しよう。そう思って踵《きびす》を返した。

けれど、ライザーが振り向いたとき、先ほどの黒頭巾は死んでいた。迷わず、死んでいると断定できたのには、理由がある。頭部がないのだ。首の切り口からして、鋭利な刃物で刈られたのだろう。

ライザーは咄嗟《とっさ》に身構える。どこかに伏兵がいたのか。

しかし、足音は確認していた。この近くには、四人しかいなかったはずだ。

「混沌《こんとん》狩りではないようだが、奇怪な腕を持っているな。それもいい腕だ」

その声で振り仰《あお》ぐ。樹木の上だ。そこに新手の黒頭巾がいた。

獅子の面を付けた男。

そいつが、新鮮な生首を持って座っていた。

ライザーは警戒しながら距離を取りつつ、高みの見物人を睨《にら》み上げた。

「お前たち、密猟者か？」

「他にどう見えた。慈善《じぜん》事業者にでも見えたのなら、仮面を取って顔を洗うことだ」

「もう一つ、《神秘売り》という名前に聞き覚えは？」

「おや、そう呼ばれることもあるが、なんだ。もしかして入団希望か？」

ライザーは、怒りで我を忘れる。獣の死骸《しがい》から山刀を引き抜き、一挙動で投げつけた。

獅子面は「うわっと」と笑い、生首で山刀を防ぐ。

「怖い怖い。ははっ、勧誘は無理そうだな、こりゃ。それじゃ、退散しよう」

「逃がすと思うのか、神秘売り……」

「やめとけよ、少年。いつ、どこで買った恨みかは知らないが、特殊な義肢《ぎし》を持つのは、お前さんだけじゃない。それにお前さんは、気づけなかった。それがすべてだろう？」

それだけ残すと、獅子面は樹上を走って渡り、大きく踏み込むと忽然《こつぜん》と消えた。

消える瞬間、微《かす》かに覗《のぞ》いた右足が、金属の輝きを放っていた。

（あれは、神製具か……？）

ライザーは、追いかけようとも考えたが、一拍おいて思い留まった。この四ヶ月、自分と相手の実力を測り続けてきた。だから、わかることも増えていた。

今度は冷静な判断を下した。そう納得しようとする。

それでも、我慢の利かない左手が、近くの樹木を殴《なぐ》りつけていた。

○

「この薄情者」

「悪かったって」

神秘売りとの戦闘の後、ライザーはユングの待つ小屋まで引き返していた。

出迎えたユングは、大変に不機嫌だったけれど。

前に帰ってから、すでに四日ほど経っていたらしく、原因はそれだ。どれくらい不機嫌かといえば、再会して早々に仮面をがちゃがちゃするくらい。シズと協力してバーベキューなど催《もよお》してみたのだが、彼女の機嫌が改善される兆候はなかった。

今だって親の敵《かたき》みたいな顔で、焼かれる肉を睨んでいる。その癖《くせ》、ライザーの膝に陣取って離れようとはしないのだ。

複雑なお年頃なのだろう。正確な年齢は知らないけれど。

「ふんっ、最初のころなんて、私がおらなんだら、走ることすらままならなかった癖に。あの腑《ふ》抜《ぬ》けが、動けるようになると途端にこれじゃ。これじゃこれ。これじゃから、雄《おす》という生き物は、どいつもこいつも度し難い。そこのお前も、焦げてしまえばよいのじゃ……」

とうとう罪のない肉にまで、悪態を吐き始めた。

（……不機嫌ここに極まれり、だな）

ライザーは苦笑いで肉を世話しつつ、甲斐甲斐《かいがい》しくユングの世話にも励《はげ》む。

「ほら、ユング。とりあえず食べよう、本当に焦げちゃうから」

「ふん、お前は私がいなくなたって、平気な顔をしておるに違いない」

「いや、ホントにどうしたのさ。ほら、口を開けて」

「そうやってものでで誤魔化《ごまか》そうとする、はむ、それこそ雄の、はむはむ、やり口じゃ！」

ユングは肉を口に含んでも、膨れたままだった。

ライザーは、困り顔で彼女をあやしながら、その実、どこかほっとしていた。

ユングと接していると、思い出せるのだ。普段の自分というものを――、

「おい、次の肉はまだか？」

仮面を閉めている時間が増え、当然のように生死のやり取りを繰り返していると、価値観がおかしくなる。知らないうち、戦闘で使う以外の部分が、急速に麻痺《まひ》してきている。

「く・そ・た・わ・け？」

特に最近では、嫌な傾向も出始めていた。

仮面を閉じた途端、戦うことしか、考えられなくなる。自分の中の残虐《ざんぎゃく》な部分が、他の全部

を押し退けてしまう感覚だ。日増しにそれは強くなっていた。

今日だってそうだ。神秘売りとの戦闘時、自分は躊躇《ためら》いなく《人間》に手を出した。死んだ人間を見て、何も思わなかった。冷静に考えると、ぞっとする。

「おいこら、こら、糞《くそ》たわけ、こら」

だからそう、ユングと過ごす時間は、自分のためにも必要だ。

今後はもっと定期的に――、

「ほほう、無視とはいい度胸じゃな、糞たわけ」


超至近からの声で、ライザーは顔を上げる。ユングの顔が、すぐ目の前にあった。睫毛《まつげ》と睫毛が、ぶつかるほどの距離だ。虹色の瞳が、じっとり半眼で睨んできている。

彼女の右手が、ライザーの頭上に伸びた。がっしりと仮面を掴《つか》む。ライザーは半笑い。

大慌ての制止も、間に合わなかった。

「ちょ待っ――うがっ！」

無視されたと思ったユングが、仮面がちゃがちゃを敢行《かんこう》する。

どれだけ強くなっても、痛いものは痛いし、怖いものは怖い。そしてこれは怖いものだ。うん、相変わらずなんだこれ。めちゃくちゃ怖いな。なんだこれ。無駄に怖いぞこれ。

「ちょっと、ユング、止まった、待った、いい加減に、ちょっと、もうッ！」

それでも一つ、たった一つだけ、この悪ふざけにも利点があった。

やっているユングは、ちょっと楽しそうなのだ。


散々がちゃがちゃされた後。

ユングの機嫌は、会話ができる程度に回復していた。いっそ上機嫌なくらいで、焼けた肉を頬張《ほおば》っている。大猫もどき、意外においしかった。

食欲を満たし終えたのか、ユングは膝の上で、飼い猫みたいに寛《くつろ》いでいる。

ライザーは、昔の癖で少女の髪を結いながら、密猟者と角付きについて話し出した。一通り話し終えるころには、ユングの髪は綺麗《きれい》な三つ編みになっていた。ユングは、自分の髪を物珍しそうに眺めつつ、「器用な男じゃな」と呟《つぶや》く。続けて、昔を懐かしむよう視線を上げた。

「ヤドリギたち、今でも森におったのじゃな」

「ヤドリギ？」

「角の生えたものたちじゃ。私らが眠りに着く前から、この森で暮らしておる。しかし、イルマンの加護を失えば、流石《さすが》に移住するものと思っておったが、あれらも義理堅いの」

「イルマンって世界樹のことだったよね？」

「ああ、正気を失う前の話じゃな」

「そういえば、前にも似たようなこと。治らなかったとか、どうとか？」

「ああ、もとはな、優柔不断《ゆうじゅうふだん》で恐がりな、情けない奴だったんじゃ。あれだけでかい図体《ずうたい》しておるのにな。というか、図体がでかいせいで、歩くときなんか、虫を踏むんじゃないかって躊躇《ためら》うのじゃ。本当に大馬鹿で、その癖、変なところで意地っ張りでな」

どうしようもない奴じゃった。

ユングは、そんな風に世界樹を評す。隠しきれない、親しみを込めて。ライザーは情けない竜を想像しようとして、失敗した。実像との乖離《かいり》が甚《はなは》だしい。

「ちょっと想像つかないや」

「そうじゃったな、お前たちは彼奴《きやつ》の名前すら、忘れておるのじゃったな。しかし、不思議なものじゃのう。それじゃと一体、何をどう教わっておるのじゃ？」

「うん、何をどうって？」

「神秘の終焉《しゅうえん》じゃ。お前たちの言うところの《混沌の時代》が、どうやって終わりを迎えたのかについてじゃな。イルマンの名前を出さずして、語り得ないと思うのじゃが……」

膝上のユングは、心底不思議そうに唸《うな》っている。腕を組み、渋い顔。そういえば、初対面のときも、《世界樹》の名前を知らないことを驚いていた。

ライザーは、彼女の話に合いの手を入れるよう、応えてみせる。

「ぼくが知っているのは、御伽噺《おとぎばなし》みたいなものだけど、でもそれに《イルマンシル》って名前は出なかったな。というか、名前付きの登場人物は、一人だけだ」

「ほう、それは誰じゃ？」

「太陽の英雄《サウザン・ヌルド》」

ユングが、露骨に顔を顰《しか》めた。「嫌な名前を聞いたわい」、「なんであいつが」とも。

渋い顔を通り越して嫌悪の顔だ。

ライザーが戸惑っていると、彼女は顰めっ面《つら》のままで「続けろ」と促した。

「ざっくり端折《はしょ》るけど、五〇〇年ほど前、太陽の英雄《サウザン・ヌルド》が、一つの流星によって誕生した。サウザンは、混沌の神々を打ち倒した後、自らを薪《たきぎ》にして、彼らの庭を焼き払った。それが、古い植物たちの終わり、混沌の終焉《しゅうえん》になった。焼き損なったものが、自然異産になった。まぁ、そういう感じの話。御伽噺の類《たぐい》だ」

「なるほどな、そういう話になっておるわけか」

ユングは、今度はハッキリと怒っていた。ライザーの位置からでは旋毛《つむじ》くらいしか見えないけれど、それでもわかる。きっと手柄の横取りを聞いたような顔をしている。

「キミの知っているのとは違ったかい？」

「全然違うし、タチの悪い違い方をしておる。まずもって彼奴の名前からして違う。まさか彼奴が、英雄などと呼ばれようとはな」

「キミが知っているのだと、どうだったの？」

「正しくは、《シャウザン・ヌゥルグ》という。《太陽の落胤《らくいん》》という意味じゃ。間違いないぞ。私がつけたのじゃからな」

「いろいろ驚きに満ちているけど、とにかく酷《ひど》い名前を付けたもんだね」

「実際、最悪の厄災《やくさい》じゃった。彼奴のやったこと自体は、おおよそ同じ内容じゃが。私の同胞《どうほう》を皆殺し、地上のすべてを焼き払おうとした。それを封じたのが、イルマンなのじゃ」

長くなるが、よいな？

ユングは、振り仰《あお》いでそう尋ねた。当然、頷《うなず》いて応える。

「シャウザンはな、神秘時代の末期に発生した、神秘を焼く炎じゃった。あれは、生き物でさえなかったのじゃ、悪意を持つ業火じゃな。

シャウザンは、空気中の神秘を焼き、生物の在り方を狂わせる猛毒の煙を吐いた。炎は弾けて燃え拡がり、立ち籠《こ》める毒煙が、大地を覆《おお》った。その炎と毒煙によって、世界は一度、滅びかけたのじゃ。それを止めたのが、イルマンじゃった。創世の大樹の挿し木から生まれ、世界を守護する役目を帯びた竜。イルマンは、降りかかる炎すらも樹木に変えてみせた。シャウザンの黒焔《こくえん》を身の内に取り込み、封じ込めたのじゃ。その果てが、巨大化した《棘《おどろ》の森》じゃ。

しかしの、拡散する炎のすべてを封じるころには、手遅れだったのじゃ。

そのころには、神秘はごくわずかなものになり、植物たちも神秘を生み出せないものに変異させられておったからな。神秘に過適応しておった生き物たちは、正気を失うか、消えるか、そのどちらかじゃった。特に身体《からだ》の大きな竜などは、すぐに死滅したよ。神秘の外では、あれらは飛ぶどころか、自身の重みにすら耐えられんかった」

「――で、イルマンシルは?」

「知っての通りじゃ。彼奴は前者じゃった。神秘の減少に加えて、大量の悪意を呑《の》み込んでしまったからな。肉体こそ強靭《きょうじん》だったが、精神の方は、もともと線の細い奴じゃったから。

正気を失った彼奴は、どこまでも森を広げようとした。他の命など、すべて無視してな。だから、私の力で眠らせたのじゃ。あんまり寝付きが悪いものじゃから、添い寝までしてやってな。おかげでこっちまで、五〇〇年も眠ってしまったわい」

「イルマンシルは、森を広げて、神秘の世界を取り戻そうとしていたの?」

「ああ、今もそうじゃろう。でも、もっといえば、私のせいか。いかん、喋《しゃべ》りすぎたな」

ユングは、そう言って欠伸《あくび》をする。下手《へた》な誤魔化《ごまか》しだ。

ライザーは、聞き質《ただ》そうとして口を閉ざした。覗《のぞ》き込んだユングの横顔が、死んだ恋人について語るみたいだったから。ユングにもそういう自覚があったらしく、「少し寝る」と宣言したあと、下手な狸寝入《たぬきねい》りをはじめた。そしてそのうち、本当に寝入ってしまった。

ライザーはユングを抱き上げ、小屋のベッドに移す。

眠っているユングは、花の敷布に蹲《うずくま》り、ガラスケースの中の人形のようだった。

「静かにしているときは、可愛《かわい》いんだけどね……」

ライザーは、少女の寝顔を見下ろしながら微笑した。

何も知らない、子どもの顔だ。やっぱり口調がいけないのだと思う。世界樹のことは聞けなかったが、この安らかな顔を見ていると、誤魔化されておこうという気になった。また別の機会にでも訊けばいい。

ライザーは、視線を小屋の外に向ける。

木偶《でく》人形のシズが、一人で食事の片付けをしていた。彼女はこちらの視線に気づき、頭を下げる。言葉は持たないが、人形の彼女にも意識があるように感じる。神秘の賜物《たまもの》か。

ライザーはベッドから戻り、シズを手伝おうとして足を止めた。

トンネルの方を睨《にら》む。

（……何か、近づいてくる？）

言語化できない感覚が、その曖昧《あいまい》さに反し、疑いようのない強さで告げていた。

「ごめん。ちょっと見てくる」

シズは両手を身体の正面で合わせ、首を傾《かし》げる。「なんでしょう？」という仕草。けれど、ライザーはすでに見ていない。鞘《さや》ごと剣を取り、トンネルに向かって歩き出していた。

緑のアーチを潜ると、予感はさらに鮮明さを増す。
相手の数は、おそらく二つだ。
意識を沈め、五感からイメージを浮かび上がらせる。
一つは、膝丈ほどの体格。これは獣だろう。この大きさなら、何も問題ない。
そしてもう一つは、二足歩行。とすれば、人間だろう。
獣と人間の組み合わせ。すぐに思い浮かぶのは、あのときの《神秘売り》だ。
トンネルの出口が近い。
探索を切り上げ、呼吸を整える。
ライザーは仮面に手を伸ばし、何もせずに腕を下ろした。
「――ライ兄さん？」
軍用犬に先導されて現れたのは、キリシエ・エピ。
約五ヶ月ぶりの再会だった。

〇

キリシエは、賢い子だ。
だから、『生きていたんですか？』なんて意味のないことは訊かない。

そんなのは見ればわかる。だから、

「なんですか、その仮面。お洒落《しゃれ》さんですか？」

泣き笑いの彼女は、目尻を拭《ぬぐ》いながら茶化してみせた。

「ぼくの趣味じゃないけどね」

肩を竦《すく》めて応じると、キリシエは困りものを見るよう、眉《まゆ》を八の字にした。「処置なし」という顔だ。けれどすぐ、その眉は訝《いぶか》しむように顰《ひそ》められた。終《しま》いには、ある種の冷たさをもって聳《そび》やかされる。感動の再会という空気は、一瞬にして霧散していた。

ライザーは瞬きを繰り返し、その変遷《へんせん》を追って戸惑う。

今の数秒間で、彼女に何があったのだろう。そう思って首を捻《ひね》る。

キリシエは眼鏡《めがね》を鈍く光らせ、感情を抹殺《まっさつ》した事務的な声で問い直す。

「そうですか。では、彼女さんのご趣味なんですね」

「彼女？」

「兄さん、少女趣味がおありでしたか」

「いや、なんのこと？」

「帰ってこないと思えば、理由はこれですか。これだから、男の人って」

「あの、だから何を……？」

キリシエが片腕を上げる。その人差し指は、ライザーの背後を示していた。ライザーは顎《あご》に手をやり、なんとなく状況を推察しながら、思い切って振り返る。

寝ぼけ眼《まなこ》のユングが、トンネルの奥からこちらを眺めていた。

（眠りの魔女の癖に寝付きが悪いとは、名前負けだな……）

ライザーは、八つ当たりじみた感想を抱いた。

そして同時に思う。たぶんだけれど、これは面倒なことになる。

残念ながら、この手の予感は、外したことがなかった。


「だから、誤解だよ」


小屋の前で、ライザーは正座中。どうにか、キリシエの誤解を解く構えだった。

「まるで説得力がありません」

しかし、その説得も功を奏していない。むしろ、誤解は深まる一方だった。というのも、問題の根源であるユングが、ライザーの膝を枕に寝そべっているからだ。

「ごめん、ユング。今は膝から降りてくれない？」

「私がいつどこで寝ようと、私の勝手じゃろ」

「ええっと、領地侵犯の自由とかないからね。その膝、ぼくのだから」

「いいや、私はここで寝るのじゃ。そもそも、私はここで寝ておったはずなのじゃ！」

ユングは「ここは私の領地である」と主張するように、ライザーの膝にしがみついた。背筋の凍る気配を覚え、ライザーは正面を向き直す。

見れば、キリシエの眼鏡が、怪しげに光っている。謎の輝き。殺気かも知れない。

なんにしろ、こんなに不機嫌なキリシエは見たことがない。ライザーは正座を解いて、今すぐ逃げ出したくなった。しかし、ユングが居座っているので、そうもいかない。そして、当のユングはどこ吹く風だ。膝の上で仰向けになり、キリシエに指を向けた。

「だいたい誰なのじゃ、この乳娘《ちちむすめ》？」

「乳娘ッ!?」

あんまりな呼称に、キリシエの眼鏡がずれる。顔を赤くし、こっそり胸元を隠した。

ライザーは、引き攣《つ》った笑いで答える。

「まっ、まぁその、妹みたいなものだよ」

「ほう、妹御か」

ユングは、得心のいった顔でキリシエを見た。これは丸く収まりそうな手応え。

「いいえ、私は妹ではありません」

しかし、キリシエが珍しく空気を読まない回答をした。

ユングの両手が、今までにない素早さで仮面に伸びる。ライザーは覚悟を決めた。

「なぜ嘘を吐いたッ、糞《くそ》たわけ!?」

ユングは怒濤《どとう》の勢いで仮面をがちゃがちゃする。どれだけ強くなろうと〈以下略〉だ。

（最近、女性によく怒られる……）

そう思い、ライザーはそっと瞼《まぶた》を落とした。

これも最近になって覚えたのだが、こういうときは黙るのが一番なのだ。

○

葉を打つ雨音が、一定の拍子で枝を揺らしている。湖を出て三時間ほどのあたりから、段々と降り始めたものだ。けれど、樹木の下の二人を濡らすことはなかった。

ライザーとキリシエは、黒い森を歩いていた。

一応だが、小一時間の弁明の結果、誤解は解けている。

ライザーは、獣に襲われてから、現在に至るまでのすべてを話した。右腕のことも、仮面のことも、世界樹のことも、洗いざらいすべてだ。帰らなかったのは、少しでも早く強くなるためだとも。しかし、キリシエは納得した上で、「だとしても、お母様に顔を見せるべきです」と強弁した。共同調査から戻らなかったライザーは、街では死亡したものとして扱われているらしいのだ。

「お母様がどれだけ悲しまれたか、想像してください」

そう言われてしまうと、ぐうの音《ね》も出なかった。

そういう経緯で、ライザーはベルトカインに向かって出発していた。見送るユングは、ものすごく恨めしげだったけれど。一応、誘ってはみたのだが、ユングは「私は行かん！」の一点張りだった。何を意固地《いこじ》になっていたのだろう。

ライザーは先頭を行く軍用犬を見る。行きの道順を覚えているらしく、迷いのない歩みで進んでいた。この雨の中で、優秀な鼻だ。いい案内役だった。

「兄さん。やはりそれ。重くないですか？」

キリシエに言われて、ライザーは背負っている長物《ながもの》を見た。

「でも、大王鉈《だいおうなた》の回収が、キリシエの仕事だったんだろ？」

「ええ、そうです。それはあくまで、私の仕事です」

そう言って、キリシエは手を出した。ライザーは意に介さない。

「だからって、こんな重いもの、女の子に持たせられるわけないだろ」

そう答え、自分の体重を超えるであろう、鉛《なまり》の怪物を運ぶ。

満足に振れずとも、背負って歩くだけなら、特に問題はなかった。

歩みを進めていると、背後で鼻を啜《すす》る音が聞こえる。

ライザーは振り返り、頬《ほお》を掻《か》く。キリシエは泣いていた。

「変わってないんですね、兄さん」

「いや、本人的には結構変わったつもり、なんだけどね」

「はい。でも、優しくて意地っ張りなところ、そのままでよかった」

「ああうん、その、ええっと、ごめん」

「ホント、反省してくださいね。お母様だってそうですけど、私だって、ゲインさんに聞いたときなんか、ホントもう、大変だったんですから」

「ごめん。ああ、ええっと、ゲインは無事だったんだ。よかった。元気にしてる？」

「それが、帰還後すぐ除隊届けを提出していて、ベルトカインからも、いなくなっているみたいなんです。以来、行方《ゆくえ》知れずで」

「そう、なんだ……」

ライザーは親友のことを思い、言葉を呑《の》んだ。もともと、ゲインは自信を喪失《そうしつ》している状態だった。自分のことが重なり、耐えられなくなったのだろうか。

歩みは止めず、彼のことを考え続ける。別れ際の約束は、果たされなかったのか？


そのとき、ライザーの身体を雨粒が打った。

樹木の傘があるにしては、いやにしっかりと当たる。

そう思い、周囲を見渡して愕然《がくぜん》とした。

この五ヶ月、森の奥に進むことはあっても、外へ向かったことはなかった。森の外縁に近づくほど、混沌《こんとん》は薄まり、獣も少なくなるからだ。だから、ライザーは知らなかった。

森の中にある、この村の存在を。

「キリシエ、ここはどこだ。いや、どこだった、、、？」

眼を凝《こ》らせば、その周囲にはいくつかの建物があった。朽《く》ちた教会があった。誰かの生活の痕跡があった。そしてそれらを貫き、呑み込むような形で、若い樹木が乱立していた。

キリシエは、「ここを通ったのを忘れていました」と苦虫《にがむし》を噛《か》み潰す。案内役の犬を睨《にら》み、その理不尽さに自分で肩を落とした。観念したのか、言い辛《づら》そうに答えてみせる。

「グランニット大農場。あの竜が、最初に襲った場所です」

「最初に、なんだね」

「…………はい」

なるほど。ということは、二つ目や、三つ目があるわけだ。

ライザーはそう納得しようとして、首を横に振った。

いや、本当はわかっていて然《しか》るべきだった。そうだ。あいつは飛び続けていたのだから。その意味をわかっていて、目を逸《そ》らし続けてきた。想像することを拒《こば》んでいた。

イメージできないはずだ。自分はずっと、あれから逃げていたのだ。

ライザーは、遅まきながら想像した。

自分が見送った後で、あの樹木が何をやっていたのか。どんな場所を作っていたのか。

そこにはきっと、ここと同じ光景が広がっている。

ドス黒い樹木が、乱立する集落。そこに生える樹木の一本一本が、自分の罪科なのだ。自分が守らなかった人たちで、自分にだけ救えた可能性のあった命だ。

自分の弱さが、見殺しにしてきたものたち。

犠牲者たちが、自分の無力を責め立てるよう、群れ膨《ふく》らみ続ける森。

気持ちの悪い汗が噴き出る。ライザーは身体を支えようと、右腕を伸ばした。樹木になった指先が、すぐ近くの樹皮に触れる。ざらつく表面に触れた瞬間――鮮烈なイメージが、脳に押し寄せた。

泣き叫ぶ、にきび顔の青年だ。

刻まれているのは、マクガレルという若者の記憶だった。

飛来した世界樹の咆哮《ほうこう》が、村人たちを樹木に変える地獄絵図。そして、肉が捻れ、練《ね》り潰されるときの、あの懐かしい痛みだった。青年の感じた恐怖や痛みが、完全な鮮度で右腕から注ぎ込まれる。抗《あらが》うことの許されない、強烈なビジョンの奔流《ほんりゅう》。

ライザーは、流し込まれる情報に耐え切れず、膝をついた。

誰とも知れない青年の涙が、自分の頬を濡らしている。たったひとりの絶望ですら、抱え切れなかった。この感情は、恐怖としか呼びようがない。しかし、そんな言葉では、まるで足りない。呼吸が、苦しい。悔恨《かいこん》するにはあまりに遅すぎた。それでも、両手で顔を覆《おお》うことしかできなかった。今も広がり続ける、この森のことを思う。

自分は今まで、どれだけの、なんてものを見過ごしてきたのだろう。

「兄さん、どうしたんですか!?」

キリシエが駆け寄り、崩れる身体を支えてくれる。

けれど、そこには意識が向かない。

それより今は、背中の震えに対し、全神経を集中させていた。

大王鉈が、鳴いている。

あれに勝てるイメージは、今でも湧かなかった。

それでも、もう見過ごせない、いいや、見過ごせない。


「待って、ライザーッ!?」


キリシエの叫びを浴びながら、構わず駆け出した。

邪魔なエルンブラストを地面に落とし、仮面を閉じる。曖昧《あいまい》な殺意が、明確な戦意へと切り替わった。剣を抜き、樹木の密生している場所を探す。最も高く伸びた一本を見つけ、獣のように蹴《け》り上げた。その天辺から、樹の弾性を利用して跳躍する。

エルンブラストの直感に違《たが》わず、暴風と轟音《ごうおん》の主が、すぐそこまで迫っていた。

暗雲の空を滑る、竜を模《も》した樹木。

世界樹《イルマンシル》。かつてがどうだったとかは、もう知らない。

今は、糞《くそ》ったれの虐殺者《ぎゃくさつしゃ》だ。

あれは森を抜けるまで、必ず低空を飛ぶ。だったらここで――、

「――落とすッ!!」

両腕で剣を振りかぶり、全身全霊を懸けて鼻先に振り下ろす。

手応えは、虚しさばかりを伝えてきた。

○

視界を埋める樹木の巨体。

刀身の半ばまで食い込んだ両刃剣が、いかにも無様だった。「綱引きで山を動かせる」と信じる類《たぐい》の――見当違いの行為だ。自分の愚かさが、嫌ってほどに理解できた。

イルマンシルは、愚かな羽虫のことなど、歯牙《しが》にもかけない。

樹木製の巨躯《きょく》は、進路を変えることなく、ライザーを轢《ひ》き飛ばした。

ただの前進だった。しかし、その衝撃は剣を折り、内臓を圧迫して酷《ひど》く傷つけた。

ライザーは血反吐《ちへど》を撒《ま》き散らしながら、後方へと置き去られる。

それでも食い下がろうと、右腕から蔦《つた》を伸ばし、後ろ脚に絡みつけた。腕を引き、肉薄して厚い胴体へと折れた剣を叩きつける。渾身の力で、樹皮を刻む。

イルマンシルは、纏《まと》わり付く小蠅《こばえ》を払うよう、剣山の尾を横薙《よこな》ぎした。

ライザーの左腕が、許されない大きさで撓《たわ》む。視界が濁り、左の太股《ふともも》も、肉が裂け、骨が砕《くだ》けた。宙に浮いた身体が、激しく錐揉《きりも》みする。それでもまだ、剣は手放さない。

歯を食いしばり、新たに蔦を伸ばす。折れた腕で剣を振り、折れた刃で樹皮を削った。相手にされず、弾き飛ばされる。それでも、蔦を伸ばす。何度でも剣を振り、弾かれる。

それでも、それでも、それでも、それでも――、
幾たび弾かれようと、蔦を伸ばしては挑みかかった。

殺し方も不明な相手に、白熱する意識の中で挑み続ける。

血で濁る右目が、焼けるように熱い。


「そ……れでもッ、まだァァあああああああッッッ！」


しつこい羽虫に苛立《いらだ》ちを覚えたのか、イルマンシルが振り返った。

記憶と異なる赤黒い瞳が、血で濁ったライザーの瞳と交差する。

顎《あご》が開かれ、咥《くわ》えられた。

舌に圧迫され、身体中からおかしな音が聞こえる。

全身の骨が、軽々と押し潰された。

そして、腐ったものを口に入れたときのような、忌々《いまいま》しげな所作《しょさ》で吐き出される。

まるで相手にならなかった。

羽を持たない羽虫は、無力に森へと落ちていく。

○

ライザーの意識が、途切れることはなかった。

森に落ち、泥濘《ぬかる》む大地に叩きつけられた瞬間から、彼の意思は空に向かっていた。

全身を支配する痛みで、人体が血の詰まった肉袋であることを理解する。身体中が、激しく脈打っていた。毒々しいほどの赤色が、視界を染めている。半死半生の有様だ。

そんな状態でも、ライザーは追い縋《すが》るよう、頭上に右腕を伸ばした。

「ま……だ、まだ……ぼくが、まだ……ぼくは……ぼく……がッ」

身体が、熱い。思うように動かない。

あちこちの骨が折れ、肉が裂けている。骨が飛び出している箇所《かしょ》まであった。そのせいで感覚がでたらめだ。イメージしたように動けない。上手《うま》く立てない。

仕方なく、右腕から根を伸ばし、強引に身体を支えた。

それと同時に、空に向かっても枝葉を伸ばす。

もうとっくにいない竜に向かって、右腕を伸ばし続ける。

視界が赤黒い。よく見えない。木製の腕は、絶えず成長する。黒い葉を茂らせながら、雨粒を払い、上空を目指す。もはや一本の樹木と化していたが、構わず立ち向かおうとする。何度でも、あの世界樹に挑む。

(もっとだ。もっと高く。もっと上空に。あいつのいる、高みまで――)

噛み砕かれた身体は、限界を超えていた。

意識など、手放してしまった方が楽だったろう。

けれど、戦うための心が、折れてはくれない。

捻《ねじ》れた左手が、刀身のない柄を握り込む。亡くした剣尖から、命の滴《しずく》が零《こぼ》れていく。

「まるで獣じゃな」

息の切れた声に、ライザーは仮面越しの顔を向けた。

ユングが、走ったことを思わせる姿でそこにいた。

小さな肩を上下させ、露に濡れた萌葱《もえぎ》色の髪を額に貼り付けている。

走ってこられる距離に、自分が落ちたのか。それとも、走ってこられるくらいの時間、自分がここにいたのか。もしくは、その両方だったのか。ライザーには判じようがなかった。肉体の感覚と同時に、時間の感覚もわからなくなっていた。

そしてなんであれ、やることは変わらない。

ライザーは、世界樹を追って腕を伸ばす。ユングが「やめろ」と言った。

仮面から覗《のぞ》く虚のような瞳が、再び彼女を見やる。

「ユング、だって、ぼくが……勝たなきゃ、勝って……ぼくが……止めなくちゃ」

「思い上がるなよ、糞たわけ」

ユングは肩を怒らせ、大きな足取りで近づく。頭を振りかぶり、ライザーの仮面に頭突きを喰らわした。彼の顔が、振り子みたいに揺れる。彼女は今ので額を切ったらしい。ユングは血を流し、それを拭《ぬぐ》うこともせず、額を突き合わせたまま続けた。

「人間は突然、強くなったりはしない。思いの丈が、すぐさま力に変わったりはしない。それは努力を軽んじる、ただの妄想じゃ。生き急ぎたい、現実を認めたくないだけの、子どもの我《わ》が儘《まま》じゃ。

お前たちの強さは、頭を使い、必要な鍛錬を必要な時間だけ積みあげて、ようやく手に入るものじゃ。弛まず歩み続けたものだけが、頂《いただき》へと、さらにその先へと、辿《たど》り着くのじゃ。今のお前では、決して彼奴に届かない。その砕けた骨身が、身に染みて思い知ったはずじゃ」

ユングは、厳しい教師の顔でそう叱る。

その後で、ライザーの顔を両手で挟み、「じゃがな」と表情を和《やわ》らげた。

「安心しろ、糞たわけ。お前は強くなる。その思いが本当なら、その悔しさが本物なら、お前は強くなる。その情念は、必ずやお前を歩ませ続けるじゃろう。これからの一日一日が、一瞬一秒が、お前の力になる。お前の意地は、彼奴《きゃつ》まで届く牙になる。私が約束する」

「でも、それじゃ、ダメなんだ。間に合わない人が、いるんだ。ぼくの、せいでッ……」

「じゃ・か・ら、思い上がるなと言っておるだろう。何様のつもりだ、糞たわけ」

「だって……ぼくッ、だけがッ……」

「それを選んだのは私じゃ。お前ならやれると信じた。だからこそ、親樹の仮面をお前に託したのじゃ。樹木化する激痛の中、呻《うめ》き声一つ漏《も》らさなかった。そんな意地っ張りな《お前》だからじゃ。この私が、お前の意地に賭《か》けたのじゃ。私の選択を、選択の責任を、勝手にお前が奪うんじゃないわい、糞たわけ」

ライザーは何も言えなくなった。

ユングは、すべてを承知していた。彼女ははじめから、自分よりずっと多くのものを背負っていた。その覚悟が、できていたのだ。何も知らない子どもは、自分の方だった。

成長を続けていた樹木が、巻き戻り、圧縮するように彼の右腕を成す。

ユングの手が、ライザーの頭に伸びた。

白く精緻な指先が、泥塗《まみ》れの髪に触れる。

「いつの日か、最強に至る棘《おどろ》の獣よ。今はよく眠れ。また立ち上がるために」

その指が、労《いたわ》るように髪を梳《と》かした。

興奮していた脳に眠気が降りてくる。

ライザーは、仮面があってよかったと、心から安堵《あんど》した。

おかげで、情けない泣き顔を見られずに済むのだから。


「さあ、よい夢を」


繋《つな》ぎ止めていた意識が、溶けていく。

それがあんまり速やかだったので、「おやすみなさい」とも言えなかった。

間章二

獣の夢

Kemono no yume

ibaramichi no eijutan

夢を見ている。

子どものころの夢だろう。自分の手には、布を巻き付けた木の棒があった。ゲインたちと遊ぶとき、決まって使っていたものだ。

大人になって見ると、なんだ、汚らしい棒きれじゃないか。そう思って笑う。でも、当時のぼくにとって、それは紛《まぎ》れもなく聖剣だった。けれど、自慢の聖剣は、一度だって敵を倒したことがない。なぜってそれは主役の仕事だから。

対してぼくは、決まって死体役だった。

正確には、仲間を庇《かば》って死んでしまう戦士とか、序盤で倒れる小悪党とか。そういう、端役《はやく》ですぐに死んでしまうヤツだ。台詞《せりふ》にしたって「ここは任せて先に行け」くらいのものだ。

華々しい役を張るには、ぼくの声は小さ過ぎたのだろう。あとはそう、運動音痴《おんち》で腕っ節も弱かったから、大きな声で主張しても無駄だったと思う。

子ども同士の力関係なんて、そんなものだ。単純にして非情。

ぼくだって、そこまで空気の読めない子どもじゃなかったから、粛々《しゆくしゆく》と死体役を受け入れていた。けれど、英雄に憧れなかったといえば、それはやっぱり嘘になる。

かっこいい役は、普通に羨《うらや》ましかった。

だから、ぼくは死体役でありながら、それでもこっそり、カッコつけることにした。思い返してみても、本当に些細《ささい》で、つまらない意地の張り方だった。些細すぎて、誰も気づかなかったくらい。でも、仕方がないとも思う。ぼくはそれでよかったんだ。

けれど、彼女は違った。

死体然として転がるぼくの隣で、つまらないことに気づき、笑ってくれた。

「ライザー君って、倒れてからもずっと剣を握ってるよね」


彼女は、死体を演じるぼくの側に来て、そう言った。

リーリヤ・エピ。

キリシエの実姉で、ぼくたちの憧れだった。

子どものころの年齢差は大きくて、五つしか違わなくても、ぼくたちには随分《ずいぶん》とお姉さんに見えていた。そして実際、彼女は綺麗《きれい》だったから。病気がちで儚《はかな》げな印象があったのも、彼女に対する憧れを強くしていたのだと思う。

今思えば、少し前のキリシエはよく似ていた。

背格好や、三つ編みなんかは、そっくり同じなくらい。やはり姉妹だからだろう。

子どもだったぼくは、彼女の気づきが嬉しくて、死体の禁を破ってしまった。

「戦士は、徒手《としゅ》じゃ死なないから」

そう答えると、彼女は「かっこいいね」と笑ってくれた。それで笑い返していると、ゲインには怒られた。「死体が何やってるんだ」って。でもたぶん、それは嫉妬《しっと》も入っていたのだ。ゲインだって憧れていたから。

けれど、リーリヤさんは死んでしまった。

密猟《みつりょう》組織の持ち込んだ、自然異産の花が、彼女とその両親の命を奪った。

夢を見ている。あのときの、一〇年前の夢だ。

場所は、現在では取り壊されてもうない、キリシエの生家。

リーリヤさんは、寝室のベッドで横になっていた。

過ぎし時代に猛威を振るったという、絶えたはずの病。

ぼくは泣きじゃくるキリシエを抱き、彼女のすぐ側に立っていた。ぼくの隣には、ぼくの祖父がいたし、母もいた。ゲインもいた。そして、密猟組織《神秘売り》の調査に来ていた、サバルカ・ジャファフットも。キリシエの両親たちは、すでに先立っていたはずだ。

彼女は息を引き取る間際。これだけの人がいる中で、ぼくに託した。

「ライザー君、キリシエのこと、お願いね」

それでぼくは、キリシエの兄になると誓ったんだ。彼女にまた「かっこいいね」と笑ってもらえるような、キリシエが誇れるような、立派な兄になる。

それが、彼女に気づいてもらったぼくの、意地の通し方だと思ったから。
そして再び、ぼくの意地に気づき、褒めてくれた女の子がいる。
つまらない矜持《きょうじ》に、託してくれた人がいる。
だから、今度だってぼくは――

第四章　大王鉈

Daiounata

ibaramichi no eijutan

「あっ、目が覚めたん?」

最初、視界に飛び込んだのは、二本の角《つの》だった。

次いで、その角の根元にある女性の顔。透けるような白髪に、優しそうな栗色の瞳だ。ライザーは、彼女に見覚えがあった。あの日、《神秘売り》に追われていた女性だ。

「えっ、あっ、ここは?」

「私たちの集落。で、ここは診療所みたいなところ。ユング様に呼ばれて、ボロボロのキミを運んできたんよ。あっ、私はアイネ、よろしくね」

「ああ、はい、ライザーです。今はぐっ――痛ッたぁ……」

「あああっ、おえんってば、まだ起きんで。ユング様のおかげで、多少は回復しとるんかもしれんけど、生きとるだけで奇跡なんじゃけん」

手で押し留められ、ライザーは再び横になる。木製の梁《はり》と天井を眺め、視線を感じて首を横に向けた。小さな女の子が、ベッドの縁に顔を半分隠しつつ、こちらを覗《のぞ》き込んでいる。目が合うと、吃驚《びっくり》して女性の陰に隠れた。

ライザーは隠れた少女を見る。こちらの顔にも覚えがあった。

「あれ、キミはあのときの……」

「ほら、ホルン。恥ずかしがっとらんで、今日はちゃんと言うんじゃろ?」

「……うん」

背中を押され、ホルンと呼ばれた少女は、そろりそろりと前に進み出る。何度も足下を見ながら、服の裾《すそ》を摑《つか》み、なけなしの勇気を振り絞《しぼ》っていた。

「あっ、あの日は、ごめんなさい……でした。お礼も言えんで……でした」

「いや、ぼくも怖がらせちゃったから、ごめんね」

ライザーが微笑《ほほえ》むと、ホルンは吃驚したように跳ねた。

年長のアイネを仰《あお》ぎ見て、「笑った！」と声を上げる。変な部分で驚かれていた。ライザーは不思議そうに瞬きする。アイネが、苦笑いでその理由を教えてくれた。

「最初の印象、やっぱりきょうとかったみたいで。この子ったら、もっと無口で、おっかない人を想像しとったんです。だから、吃驚してしもうたみたい」

「きょうとかった？」

「ああ、やっぱり訛《なま》っとる？　それね、怖いって意味じゃけん」

「なるほど、あっ、あのときの男の子、大丈夫でしたか？」

ライザーが尋ねると、角付きの二人は困ったように笑った。

アイネが、「人の心配しとる場合？」と漏《も》らしている。

ライザーは自身の状態を思い出し、納得した。至極《しごく》もっともだ。

「ふふっ、ユング様のおっしゃる通り、お人好しなんやね。もうとっくに毒も抜けて、ピンピンしよるよ。あれから二週間も経っとるけんね。あっ、そうそう、あんときは、本当にありが

「どういたしましっ……えッ、二週かッ——痛いッ、けどッ」

とう。言葉じゃ足りんけど、本当にね」

ライザーは腕を突っ張り、歯を食い縛《しば》る。

制止を振り切り、無理にでも上体を引き起こす。それで身体《からだ》の異変に気がついた。左腕の感覚が、いつもと違う。いや、左腕だけじゃない。四肢《しし》の、いや、全身の感覚が、今までとは異なる。やや硬くなり、肥大《ひだい》した感じ。

掛けられていた布をすべて退け、自分の身体を検《あらた》める。

上半身は、裸体だった。看病の都合だろうが、おかげでよくわかった。

自分の上半身、その皮下のいたるところを蔦《つた》や根が這《は》っている。その影響で、身体中に黒ずみと歪みが生まれていた。下半身も同じだろう。凹凸《おうとつ》塗《まみ》れの身体。

驚きはしなかった。あれだけの負傷で動けている。その原因がわかったことで、むしろ納得したくらいだ。破損した筋肉や骨の役割を、植物たちで補完しているのだろう。

随分《ずいぶん》と人間離れしてきたな。そう思って苦笑する。

今度は落ち着いて、全身に意識を巡らせた。

感覚的にはまだ慣れないが、これなら問題なく動けそうだ。ライザーは、思い切って立ち上がった。少し痛むが、その程度だ。これ以上は、休んでいられない。

驚くアイネとホルンに対し、ライザーは目覚めて以来、一番気にしていたことを尋ねた。

「ところで、エルンブラストはどこにありますか？」

アイネに先導され、ライザーは診療所を後にした。

出てすぐのこと、視界に飛び込んできたのは、見たことのない不思議な村だった。

ヤドリギたちの集落。

生えている樹木は、湖の周辺より三から四回りほど、太く逞《たくま》しい。そして、それらの樹木と一体化するよう、地面から浮くような形で家々が建てられていた。家々を繋《つな》ぐのは、蔦で編まれた橋。今歩いているのも、その橋の一本だ。おかげで地面に降りずとも移動できた。

樹上に点在する家々は、確かに「ヤドリギ」みたいに見えることだろう。

ライザーが橋を渡っていると、角付きの住人たちが、ひょこひょこと顔を覗かせた。来訪者が珍しいのだと、アイネは言う。ライザーは、愛想よく手を振りながら、角にも個性があるのだなと、それぞれの頭頂部を注視した。

捻《ねじ》れていたり、太かったり、巻いていたり、左右非対称だったり。

触ったらダメかと訊いたら、アイネに「ライ君、えっちじゃね」と言われた。なので、そういうものらしい。そうか、角はえっちなのか。覚えとこう。

「ライ君、なんだか楽しそうじゃね」

「素敵なところです。欲をいえば、もっと余裕のあるときに来たかった」

「まっ、気に入ってもらえとんなら、嬉しいわ。あっ、あの物騒なのはこっちじゃけん」

アイネが、一際《ひときわ》大きな家に入る。

ライザーも追従し、出入り口に垂らしてある布を潜る。

キリシエが、矢のような勢いで飛んできた。病み上がりのせいもあってか、あっさりと押し倒される。しかし、賢い彼女は後頭部を打たせないよう、こちらの頭に手を回していた。慌てていても如才《じょさい》ない。けれど、今度は窒息《ちっそく》しそうになる。いや、その、胸がね。

どうにか這い出し、やっとのことで声を掛けた。

「やあ、キリシエ。おは――」

「おはようじゃありません！」

「ああうん、もうお昼だったかい？」

「そうじゃないでしょッ！」

「あっ、はい」

キリシエの剣幕が、過去最大風速を記録していた。馬乗りで腕を組んでいる。

先日の不機嫌が、生易しく見えてきた。殺されるかもしれない。

「どうして怒っているのか、わかりますか？」

「ええっと、無茶したから？」

「――で、無茶苦茶した重傷患者が、どうしてもう起きてきているんですか？」

「えっ、もうって、すでに二週間くらい経ってるんじゃ……」

「そこ、話を逸《そ》らさないッ!!」

「あっ、はい」

キリシエの眼鏡《めがね》が、謎の輝きを放つ。殺されるかもしれない。

「ええっと、言っても、怒らない？」

「すでに怒っていますし、ことによってはもっと怒りますけれど、でも、黙って無茶するつもりなら、もっともっと怒ります、いいんですか？」

「ええっと、無茶します」

「わかりました。頸動脈《けいどうみゃく》を絞《し》め落とします」

キリシエが、首の左右に手刀を添える。本気の眼だ。

「気持ちはわからないでもないが、とりあえず落ち着け、乳娘」

ユングが、キリシエの肩に手を置いた。

それでキリシエも、渋々ながら手刀を引っ込める。

けれど、馬乗りはそのままだった。

ユングは、ライザーの顔の真横にしゃがみ込む。大馬鹿を見るような半眼。

「やっ、やあ、ユング。ご機嫌麗《うるわ》しいようで何より」

「ほうほう、この私の機嫌が、麗しいように見えるのか、糞《くそ》たわけ。乳娘を引き継ぐわけじゃないが、もう少しくらい寝ておくか？」

「いや、もう充分すぎるくらい寝たから、そろそろ身体を動かしたくて」

ライザーがそう言うと、二人の不機嫌さんは顔を見合わせた。

二人揃《そろ》って嫌な予感って顔。

仲良くなったようで何より。だけど、隙《すき》ありだ。

ライザーは、キリシエを抱き上げて馬乗りを脱する。「あっ、待て」と抵抗するも、腋《わき》の下に手を入れ、持ち上げてしまえば、抵抗できまい。と思ったのだけれど、足で蹴《け》ってきた。

「女の子がはしたないよ」と諌《いさ》めておく。キリシエは「処置なし」という顔。

ライザーは二人の文句を聞き流しながら、壁際に近づいた。

右手を伸ばし、鋼《はがね》の肌に触れてみる。

イメージを巡らせ、求めたものに間違いないことを確認した。

「糞たわけ？」

ユングが、訝《いぶか》しむような声で呼んでいる。

ライザーは大王鉈《だいおうなた》に触れたまま、振り返った。

その右の瞳は——仮面を閉じてもいないのに——躊躇《ちゅうちょ》を知らない狼のようだった。

○

「見つけた」

ライザーは一つの樹木の前で立ち止まった。

一度だけ、ユングと一緒に訪れた場所だ。森を歩いて丸一日、ようやく見つけ出した。

ライザーは、背中の大王鉈を地面に降ろし、樹に向かって微笑《ほほえ》む。

「お久しぶりです、サバルカさん」

サバルカ・ジャファフット。

混沌《こんとん》狩りの熟達者で、エルンブラストの前任者。

「今日は、エルンブラストの使い方を教わりに来ました」

そう言って右腕を伸ばした。掌《てのひら》を樹皮に押し当てる。

廃村で経験した記憶の流入。それを今度は、意図的に再現しようとする。

「――――ッ」

思いの外《ほか》、すんなりと成功した。

まず押し寄せるのは、その人間の最後の記憶――樹木化の痛みだ。

肉を練《ね》られ、命を絶たれる瞬間の、脳が白熱するほどの激痛。それが、色褪《いろあ》せない鮮明さでライザーに迫る。けれど、ここで手を離すわけにはいかない。

エルンブラストの習熟。世界樹に対抗する最低条件だ。

無謀《むぼう》な戦いの中で悟った。

普通の剣では、世界樹は倒せない。精々が、表面を削《けず》る程度だ。

当たり前の話だった。剣には剣の、果物ナイフには果物ナイフの、使用すべき適切な対象がある。切る対象を想定し、その想定に添って作られているのだから。

だが、あの世界樹は、それらの想定の埒外《らちがい》にいた。

だから、必要なのは、怪物を殺すために作られた《怪物じみた武器》だ。

欲しいのは、問答無用ですべてを叩き潰す、常識外れの攻撃力。

一度の敗北は、無駄じゃなかったと思う。実際に戦ってみた経験から、今はいろいろとイメージできた。世界樹と戦う自分の姿や、エルンブラストの有用性を。

大王鉈の持つ破壊力は、世界樹にも届き得る。勿論《もちろん》、使いこなせればの話だ。

そしてサバルカなら、間違いなく熟知しているはずだった。

無骨でありながら扱い難い、この怪物の御《ぎょ》し方を。

ライザーは痛みの奔流《ほんりゅう》に抗《あらが》い、記憶の海を潜り続けた。苦痛の時間の先、視界が歪み、黒く塗り潰れるような、目眩《めまい》に似た一瞬が訪れる。そして突如、痛みが引いた。それと同時、森の匂《にお》いまで消え去っていた。続いて、徐々に視覚が戻ってくる。

けれどそこに、見慣れた森の姿はなかった。

広がっているのは、白くて果てのない場所だ。

足は着いているが、地面というわけではない。何やら硬い踏み応えだ。そして、匂いもなければ、風もなかった。驚きはしたが、理解はすぐに諦めた。ここはそういう場所だった。

何より、静かに考えさせては、もらえないらしい。

ライザーは、自分の頭に手を伸ばす。仮面の下顎《したあご》を押し上げ、上顎を引き下ろした。仮面越しの双眸《そうぼう》は、この白亜《はくあ》の世界に屹立《きつりつ》する、たった一人の存在を捉えていた。

対峙者《たいじしゃ》の襟元《えりもと》には、太陽の刺繍《ししゅう》。

覚えのある大きな掌が、白い地面から生えている物騒な代物《しろもの》を摑《つか》んだ。自分の手にする得物と同一の武器。獣のような眼光から、隠しきれない戦意が溢《あふ》れ出ていた。

サバルカ・ジャファフット。

混沌狩りの誇る、最強の獣。

愛鉈《あいなた》を掲げ、ライザーに向かって疾駆した。

躊躇《ちゅうちょ》している暇はない。本来はありえない、二振りのエルンブラストが交差する。

武器の強度は互角。打ち込みもほぼ同時だった。

しかし、明暗はたった一合で分かれた。

(これが……巨牙の灰狼ッ！)

ライザーは、大王鉈を取り落とした。

打ち合った衝撃で、武器より先に、彼の手首が折れたのだ。勝敗は決した。

けれど、サバルカの影は滞《とどこお》らない。

無言のまま、振り抜いた勢いを活《い》かして二撃目を見舞う。

「しまッ――」

樹木の右腕を頭上に構えるが、そんなものが通用するはずもない。

エルンブラストは、軌道上に存在するものすべて薙《な》ぎ倒す。

ライザーは右腕ごと真っ二つにされた。


「はぁ……はぁ……はぁ……」

気づけば、ライザーはもとの森の中にいた。

荒い呼吸で、サバルカの樹の前に立っている。

樹から離れて身体《からだ》を検《あらた》めた。

怪我《けが》は負っていない。左右は繫《つな》がっているし、手首の骨折も治っている。あの寂寞《せきばく》とした世界でのことは、なかったものとして扱われていた。ただ一つ、ライザーの記憶を除いては。

胸に手を当て、乱れた息を整える。同時にキリシエの言葉を思い出していた。

「……実戦で教える……主義でしたっけね」

怪我はないが、冷や汗は止まらなかった。

斬られたという生々しい実感が、身体の芯に冷たく染みついている。

擬似《ぎじ》的な体験であろうと、殺される恐怖だけは本物だった。このおぞましい感覚は、果たしていくつ、積み上げられるのだろうか。自分の精神が、そう何度も耐えられるか。

正直、自信がない。

それでも、ライザーは奥歯を嚙《か》み締め、重たい右腕を持ち上げた。

失われた集落。見殺しにしたものたち。そして、これからも続出するであろう犠牲者。

引けない理由なら、両腕で抱えきれないくらいにあった。

「幾千回っ、幾万回っ、だろうとッ――」

最悪の記憶が、右腕に流れ込む。脂汗《あぶらあせ》を吹き出しながら、樹木化の激痛を越えた。

サバルカの待つ、虚空の戦場へと躍り立つ。

ライザーは戦った。

自らの決意に殉《じゅん》じるかのよう、ライザーはその後も戦い続けた。

何度となく痛みの濁流《だくりゅう》を泳ぎ切り、その度《たび》、純白の闘技場に辿《たど》り着いた。

そして同じ数だけ、死に続けた。

○

サバルカ・ジャファフットに付け入る隙はなかった。

彼は、桁外れに強い。自分の実力が、付け焼き刃だったと思い知らされる。

サバルカの強さは、今まで感じたどんな強さと比べても異質だ。

身のこなしの一切に惰性《だせい》はなく、先の先まで計算ずくで、逃げ場を潰してくる。付け込む余地が、一つもないのだ。頭に浮かぶイメージは、悉《ことごと》く敗北にだけ繋がっている。どれだけ頑張っても三合まで。それが限界だった。彼の強さは一つの完成形だと思われた。

何もなかった白い荒野には、いくつもの墓標が生まれている。《ライザー・ゲフォン》と刻まれた、灰色の石たち。訪れる度にそれは数を増し、段々と淋しい世界を埋めていった。

その墓石の数が、三百を越えたあたりから、ライザーは数えることをやめた。

「調子はどうじゃ、糞《くそ》たわけ」

背後に迫った声を聞き、ライザーは瞼《まぶた》を開く。

振り向けば、手提げの籠《かご》をもったユングが、いつものように様子を見にきていた。まあ、足音で随分《ずいぶん》前から気づいてはいたけれど。でも今日は、キリシエの連れていた犬までいる。散歩ができて嬉しいのか、犬は尻尾《しっぽ》を左右に振っていた。キリシエの姿は見えない。

「あれ、キリシエは？」

「乳娘なら、調査報告とかで一度森を出たぞ。シェパーは貸してくれたのじゃ」

そう言って、ユングは犬に抱き着き、モフモフと毛並みを堪能《たんのう》している。シェパーという名前だったらしい犬は、利口そうな顔をして座っていた。自分が死に続けている間に、随分と仲良くなったみたいだ。彼女が楽しそうでよかった。

ライザーはユングたちの様子を微笑《ほほえ》ましく眺めつつ、籠から食事を取り出した。生地の薄いパンのようなもので、野草や肉を挟んだ料理。ここのところ、毎日食べている。しかし、この森の中で、どうやってパンの原材料を調達しているのだろう。

本当にパンかも怪しいなと、ライザーはこっそり思っていた。思っていたが、深く考えると怖いので、その辺で止めておく。とりあえず、今のところ不都合はない。いや、美味《うま》い。

ライザーは咀嚼《そしやく》の合間に、「こっちは相変わらず」と答えた。

「連敗記録は更新中。ああでも、七合までは持ち堪《こた》えられるようになったよ」

「そうか、まだまだ先は長そうじゃな」

「一応弁明するけど、劇的にマシにはなってるんだよ。でも、相手が相手だからね」

「ふむ、前から気になっておったのじゃが、その樹の男とは親しかったのか？」

「ああうん。一〇年前に一度、お世話になったんだ。それ以来、手紙で交流があってね。正直に言えば、憧れてたかな。強くて、優しくて、意固地《いこじ》で、あとはそう、お節介《せつかい》な人だった」

そう言うと、ユングは微妙な顔をした。不思議な符合を見つけた顔だ。

「なんだかまるで、お前のような奴なのじゃな」

「ええっと、どの辺りが？」

ユングは、モフモフする手を止めてライザーを凝視する。

「本気で言っている辺りが、糞たわけの糞たわけたる所以《ゆえん》かの」

「真似しようとしてたのは、認めるけどね」

「それで、実際のところどうなのじゃ。ちゃんと追いつけそうなのか、憧憬《しようけい》の男には」

「とりあえず、身体作りだけはそろそろ終わりそう、あとは技術面かな」

聞いた傍から、ユングは変な顔をした。「何言ってんの」とでも言いたそう。

最近わかってきた。彼女はだいたい、表情だけですべてを語れる。

ライザーは、誤魔化《ごまか》そうとパンを齧《かじ》った。

「最近のお前は、樹に腕を伸ばしておるか、ぼうっと突っ立てておるか、そのどちらかじゃったと思う。さっきもほら、私が来るまで、何もせずに突っ立っておったじゃろう。いつ、身体なんて鍛えておったのじゃ？」

パンを齧る。咀嚼する。パンを齧る。咀嚼する。いやはや、美味い。

ユングの両手が、仮面に伸びた。

ライザーは諸手《もろて》を挙げて降参する。好きにしてくれと。

ユングは目を細め、ライザーの身体に触れた。その瞬間、虹色の瞳を見開いた。けれど、予感もしていたのだろう、すぐに冷静さを取り戻す。更に詳しく確認しようと、あちこちに手を這《は》わせた。苦々しく眉《まゆ》を顰《ひそ》め、ライザーを見上げる。

「糞たわけ、わざと樹木化を進めたな」

ライザーは小さく頷《うなず》き、上着を脱いだ。

露わになった上体は、以前にも増して歪んでいる。所々が筋張り、盛り上がっていた。特に腕や肩、背筋の周りなどは顕著《けんちょ》だ。太くなった左腕には、無数の蚯腫《みみずば》れが生まれていた。植物たちが、皮下を這って広がった痕だ。身体の下に樹木の鎧《よろい》を纏《まと》ったかのよう。

「正確には、筋肉の中に織り込んでいるんだけどね」

ライザーは、樹木の右腕を持ち上げ、淡々と語った。

「伸縮可能な樹木は、人間の筋肉より頑丈だし、しなやかだ。出せる力も桁《けた》が違う。壊れても治せるし、応用だって利《き》く。いいことずくめだ。だから左の方や、必要な部位なんかを置き換えてる。ぼくの体格でエルンブラストを使い熟《こな》すには、こうでもしないと」

「じゃが、言い淀《よど》んだ」

「見栄えがさ、あんまり見せびらかしたいものでもないだろ?」

ライザーは目を細め、肩を竦《すく》めて自嘲《じちょう》する。

ユングは何も答えず、ライザーの裸体に腕を回した。

彼女は自分の立場を弁《わきま》えている。彼をこの窮地《きゅうち》に立たせたのは、自分だと。だから、責めることも、褒めることもできないで、ぎゅっと腕に込める力を強くした。身体の歪みなど、わからなくなるくらい、しっかりと抱き締める。

「ごめん、大丈夫、ありがとう」

ライザーは彼女の気遣いが嬉しくて、同時に少し寂しかった。

生身を捨て続けた身体では、少女の体温を感じ取ることができなかったのだ。

○

最善を想像し、最善に到れるよう補強し、答え合わせの実戦をする。

その三つを繰り返す。

イメージを洗練させ、現実を塗り替える日々。馬鹿の一つ覚えだ。

白無垢《しろむく》だった世界には、果てのない墓標が並んだ。

生きていれば、なんにでも慣れるもので、とうとう死ぬことにすら飽いてしまった。

そんな死の強行軍も、三ヶ月を過ぎたあたりだ。

ライザーは、大きな歯車の嚙み合う感覚に突き当たった。

◯

不規則に並ぶ、終わりのない死の痕跡たち。灰色の墓標群。

白亜《はくあ》の世界は、今やライザー専用の霊園と化していた。

そこに冴え渡る、重厚な剣戟《けんげき》の響き。

入り乱れる、二つの影。それぞれに握られているのは、鉛《なまり》の怪物だ。

生まれ続ける衝撃は、一つ一つが、分厚い城壁を吹き飛ばすほどの威力だった。

ライザーとサバルカは、まるで鋼《はがね》の暴風だ。エルンブラストの生む慣性を活《い》かすよう、彼らは絶えず、動き続ける。二人は理解していた。立ち止まった瞬間、その重量は足枷《あしかせ》となり、致命的な隙《すき》に繋《つな》がることを。

止まれば倒れる駒《こま》の宿命。

しかし、動いている限り、その重量は無比の破壊力を吐き出し続ける。そのため、エルンブラストの使い手に求められるのは、《腕力》は勿論《もちろん》だが、何より《先読み》の力だ。

慣性に抗《あらが》わない以上、振り抜ける軌道は限られる。それはつまり、相手にとっても予見し易い攻撃になるということだ。当てるには、相手の動きを先回りする、足捌《さば》きや、位置取り、組み立てが必要になる。

使い手の想像力が、相手の予想を越えて、はじめて必殺となり得る武器。

それが、大王鉈《だいおうなた》《エルンブラスト》。

そして、想像力という一点においてのみ、ライザーは極限に到達していた。

ライザーのエルンブラストが、サバルカのエルンブラストを圧《お》し込む。

ライザーの踏み込みが、サバルカの予想を上回った結果だ。

二人の均衡が崩れる。それは決定的な違いになった。

ライザーには加速の権利が与えられ、サバルカには圧し込まれた分の減速が科される。ライザーの連撃が、次々とサバルカの先を行き始める。わずかな差が、次第に広がりゆく。そして生まれる、共通認識。この差はもう、埋まることがない。ライザーのイメージは、すでに終着までの道筋を見通していた。

「硬く、重いこと、それだけが、エルンの特性だ」

何千回と重なる戦闘――その間、保たれ続けていた沈黙が、破られた。

サバルカの幻影は、自慢の息子を見るように笑っている。

自分を越えた弟子を誇る、灰色の瞳。

打ち鳴らすのは、轟音《ごうおん》、快音、清音。

劣勢のサバルカは、なおも愉快そうに続けた。

「神製具――混沌《こんとん》の時代に作られ、混沌の中でこそ輝ける伝説たち。天を駆ける槍や、火炎を纏う剣がある中で、エルンは図抜けて地味な部類だ。地味で扱い難い、華のない武器だ」

サバルカの右手首が、ライザーの打ち込みに耐えきれず、明後日《あさって》を向いた。それでも、エルンブラストは手放さない。前任者の矜持《きょうじ》か、先達の意地か。

サバルカは左腕一本で抗いながら、言葉の先を急ぐ。

「しかし、エルンは折れず、決して曲がらない。持ち手が挫《くじ》けない限り、エルンが敗北することは、断じてない。だから、エルンは待ち続けてきたのだ。自分を持つに値する、不撓不屈《ふとうふくつ》の相棒を。ご覧の通り、私は役者不足だったが……」

サバルカは自嘲《じちょう》したあと、瞼《まぶた》を落とした。彼の表情に憂《うれ》いはない。

終わりが近い。定められた演武のように幕引きへと向かう。サバルカの左腕が、許されない角度を向いた。彼のエルンブラストが、大きく宙を舞う。勝敗は決した。

しかし、ライザーは滞《とどこお》らない。滞れない。

止まれば倒れる駒の宿命。

最後の一振りまで、静止は許されない。

ライザーは、伝えたい言葉を嚙み殺した。代わりに、折れない信念を振り被《かぶ》る。

サバルカは、思い残すことのない晴れ晴れとした表情。

すべて受け入れ、両腕を広げた。

「ライザー・ゲフォン。キミは自慢の――――」

エルンブラストが、軌道上に存在するものすべてを薙《な》ぎ倒す。


想像通りの終着地点。


ライザーは樹木の前に立っていた。

サバルカの樹は、最後の一刀を受けて左右に断たれている。右手を押し当てても、記憶の残《ざん》滓《し》は感じられない。彼は逝《い》ってしまった。手の中で、大王鉈が悲しげに鳴いている。

けれど、その使い手に泣いている暇はなかった。


「らいざぁ……さんっ」

帰還した黒い森の中、ヤドリギの少女《ホルン》が、泣き腫《は》らした顔で待っていた。

○

「どこに向かうかと思えば、お前さんか、少年」

木の陰から、獅子面の男が現れた。

いつぞやの、義足の神秘売り。

ライザーは、ホルンを背に庇《かば》いながら、仮面を閉めずに見下げ果てた。

「子ども一人を追い回すのに三人掛かりか、随分《ずいぶん》と勇敢《ゆうかん》なんだな、神秘売りは」

「ほう、この練度の隠行を見抜くとは、腕を上げたな。おい、無駄だってよ」

獅子面の方が上位なのか、黒頭巾《くろずきん》の男たちが、樹上から姿を現した。

これで合計三名。《混沌狩り》と対《つい》をなす、自然異産の専門家たち。

あとから出てきた二人の密猟者が、先細りする剣を抜いた。見た目からして刺突用だ。片方は右手で持ち、もう片方は左手で構えている。

鏡合わせのコンビ。

ライザーを挟むよう、左右に分かれて陣取っていた。

けれど、ライザーは意に介さない。それより、大事なことがある。

「ホルン、もう大丈夫だ。よく頑張ったね」

そう言って、震える少女の頭を撫《な》でた。ホルンの瞳が、それで堰《せき》を切る。縋《すが》って泣きじゃくる背中を優しく撫でた。それでもっと泣く。

獅子面の男は、見損《みそこ》なったような目をしていた。

「素晴らしい。心温まる茶番だ。動物愛護のつもりかい、偽善者くん？」

「彼女たちに何をした？」

「そこの獣に訊いたらどうだい、そのために走って来たんだろう？」

ライザーは、獅子面を一瞥《いちべつ》し、少女の前に大王鉈を突き刺した。今の彼は、彼女を守る盾の役だ。汚いものを見せないで済むように。ライザー自身は、寸鉄《すんてつ》すら帯びず、仮面さえ閉めなかった。黙って歩き、獅子面に向かう。

これ以上の会話は、彼らには不要だ。

どんな弁明も、冴えた釈明も、彼らの罪を減じることはない。

「《鷹》、《蜥蜴《とかげ》》、殺《や》っちまえ」

獅子面に呼ばれ、それぞれの仮面を付けた神秘売りが、同時に地面を蹴《け》った。

寸分の狂いもない、鏡合わせの男たち。

熟練の黒頭巾による、左右からの挟撃だった。

「今日は少し、機嫌が悪いんだ。だから――」

ライザーは、構えなかった。構えるまでもなく、結末が見えていたから。

動くのは、三度だけで十分だ。すべて右の拳を振り抜く。

一撃目で、先行気味だった《鷹》の側頭部を殴《なぐ》る。頭蓋《ずがい》を割り、右脳と左脳を一緒くたにして命を絶つ。二撃目で、腹部に迫っていた《蜥蜴》の剣を叩き折る。けれど、《蜥蜴》が「折《み》られた」と自覚することはないだろう。三撃目が、その前に彼の命を絶つからだ。仮面ごと眉間《けん》の骨を粉砕《ふんさい》する。

実際のところ、ライザーのイメージは数秒遅れで現実になっていた。

「ここで死ね、神秘売り」

死体が二つ、目の前に並んだ。死ぬときまで同じ格好。仲の良いコンビだ。

獅子面は、仮面越しの双眸《そうぼう》を見開いて、わかりやすく驚いている。のろまな眼では、追い切れなかったらしい。

「おい、何をしやがった？」

「そこの死体に訊いたらどうだい、身をもって知っているはずだろう？」

「ッい、今、図に乗ったか。この俺の前でッ、おい、図に乗ったかぁ……？」

獅子面の声から、軽さが消えた。

濃密な殺意を放つ男は、右足で拍子を刻み、一呼吸のあと踏み込んだ。

瞬間、ライザーの頰《ほお》を義足が掠《かす》め抜ける。ライザーが寸前で躱《かわ》したのだ。けれど、反撃するだけの猶予《ゆうよ》はなかった。すでに獅子面は、ライザーの背後に回っている。矢のような速度で駆け抜けた——いや、正確には『滑り抜けた』だ。

右足の替わりを成す、不可思議な義足によって。

「滑走脚《トゥング・ボルグ》。神製具使いは何も、混沌狩りだけじゃねぇぞ？」

その右足は、膝より下が鋼鉄製だった。義足の裏には、樹木で作られたブレード。スケート靴《ぐつ》の神製具。

獅子面が、外套から武器を取り出す。バネ仕掛けのクロスボウ。わずかに覗《のぞ》く口許《くちもと》が、酷薄《こくはく》な笑みを浮かべる。嗜虐《しぎゃく》趣味の顔だ。

「屈辱的な死をくれてやるぜ」

獅子面が、樹木の間を縫《ぬ》うように滑走する。六脚獣など比にならない速度だ。けれど、今のライザーにとって、《速度》は脅威になり得ない。

視線も動かさず、側頭部に迫った矢を摑《つか》み折る。

獅子面は陰から陰へと移りつつ、嘲笑《ちょうしょう》するように喋《しゃべ》り出した。

「おい、偽善者。外の街じゃあ、お前さんの噂《うわさ》で持ち切りだぞ。なんでも、あの《世界樹》を倒すつもりなんだってな。ははっ、正気じゃねぇな、お前さん」

背面から、膝裏を狙った矢。

ライザーは容易《たやす》く踏み落としながら、樹影に向かって訊き返す。

「アンタ、あれがなんだか知っているのか？」

「森の化身、生きる自然異産だろう。ハハッ、よく知っているよ、お前さんよりな」

「……アンタ、何かやったな？」

「ああ、ちょいと興味本位でな、何も知らない素人《しろうと》にここの木を切らせてみたんだ。その結果ってのが、実に笑えるだろ。藪《やぶ》を突いたら、蛇どころか、竜が出てきやがった。あの見た目、文献の通りで笑えたぞ。まったく傑作《けっさく》だった」

「………そうか」

「なんだよ、怒ったのか？」

「いや、でも、アンタを殺す理由が一つ増えた」

ライザーが答えると、獅子面は「ククク」と嗤《わら》う。

「俺にはわからないねぇ、少年。あんな化物、どうこうできる相手じゃないだろう。そもそもだぜ、あれに森を増やされて、俺たちになんの不都合がある。自然異産で生き抜ける、俺たちは特別な存在だ。森の拡大か、結構なことじゃねぇか。世界中が自然異産になれば、それこそ俺たちの時代だ。暴力が支配する、新しい時代だぜ。ははは っ、素敵な未来だろう。いや、素敵な過去に逆戻りか？」

当たらないことに焦れたのか、今度の矢は、ホルンを狙ってきた。

ライザーは樹木の手刀で弾き落とし、怖がるホルンを安心させる。

「ケッ、またそれだ。ホントに好きだな、偽善じみたかっこつけ」

ライザーは哀れむような視線を暗がりに送る。

獅子面は、どこからかそれを見ていた。

「その目はなんだ？」

「アンタは、かっこつけだと言い、偽善だと嗤うが、でもそれって、本当はわかっているんだろう。かっこいいことだと。善いことだと。それなのに——惨《みじ》めだな」

「あぁあ？」

「アンタのような類《たぐい》は、飽きるくらい知っている。善いことだと気づいているのに、ちゃんとできる自信がないから、責任を取る覚悟もないから、言い訳付けて嘲笑《あざわら》う。かっこつけて失敗したらって思っているんだろう。だから、小利口ぶった言葉で誤魔《ごま》化《か》すんだ」

「……黙れッ」

「必死になって周囲を見下して、そんなことで賢いつもりになる。本当は、最初の一歩も踏み出せないまま、怖がっているだけだ。自尊心ばかり大きくて、本当に惨めだな」

「この俺様をッ」

「知っているか、アンタらみたいなの、意気地なしって言うんだよ」

「テメェごときがッ、見下してんじゃぁぁぁねぇぞおおおおおおおおッ!!」

白煙が周囲を包む。獅子面による目眩《めくら》ましだ。
獅子面の神製具が、「ぎぎぎぎ」と唸《うな》りを上げて加速する。
義足の刃が、クロスボウの矢より速く、反射速度の限界を超えた。
けれど――、
「意気地なしのやることなんて、見え透いている」
背後からの延髄《えんずい》蹴りを、ライザーは一年前から知っていたかのように受け止めた。
生身のはずの左手が、鋼《はがね》の義足を握り潰す。
それと同時、右の拳が小指から「ギュッ」と折り畳《たた》まれた。
「真っ正面だッ、止めてみろ」
樹木の右拳で、宣言通りに打ち貫く。
顔面に向かって真っ直ぐ。
変形などの小細工はなしだ。そんなものは必要ない。
「ちッ！」
獅子面は、咄嗟《とっさ》に両腕で守ろうとするが、その程度で防げるものか。
ライザーの剛拳は、両腕を打ち砕き、仮面を叩き割って鼻っ柱までへし折った。
それで獅子面は、動かなくなった。
そしてもう、ずっと動かないだろう。

「一先《ひとま》ず、終わったよ」

ライザーは、ホルンに笑いかけたあとで、自分の胸を押さえた。そこには何もなかった。達成感も、罪悪感も、嫌悪感も。何一つとして指を擦らない。ようやくできた敵討《かたきう》ちだ。もう少しくらい、嬉しいかと思っていたけれど。

不思議なほどに動じない自分を見つけ、ライザーは浮かべるべき表情に困った。

○

「お兄ちゃん、あっち、そこの樹を真っ直ぐッ！」

「うん、しっかり摑《つか》まってて」

ライザーは、ホルンを背に担《かつ》ぎ、エルンを引き摺《ず》って走っていた。

目指す場所は、ヤドリギの集落。ホルンは集落の襲撃を伝えるため、走って来たらしい。彼女の口から「ユング様が――」という言葉を聞いた時点で、ライザーは走り出していた。

ライザーは獣のように樹木の隙間《すきま》を駆け抜ける。背中のホルンは、頭を縮めて必死にしがみついていた。そのうち、橙《だいだい》色の火の粉が、二人の頬のすぐ側を掠めていく。

嫌な予感どころじゃなく、予感はすぐに現実のものとなった。

辿《たど》り着いたヤドリギの集落。視界のあちこちで、樹上の家々が燃えていた。特に集落の中心付近で、派手に火の手が上がっている。樹木の下は、逃げ惑う人々で大混乱だ。

「…………そうか」

ライザーは、ホルンを安全な位置で下ろし、近くの大人を引っ捕まえて彼女を預けた。「安全なところで隠れているように」と厳命し、自分は無表情に大王鉈《だいおうなた》を担ぎ直す。

集落の中央付近。ヤドリギの戦士たちが、スキバーの群れを相手に苦戦している。

一息で駆け寄り、大王鉈を振り抜く。五頭の蛇犬は、よくわからない間に、よくわからない肉塊になった。立派な巻角の男性が、驚きと安堵《あんど》の表情でライザーを見る。

「仮面の御仁《ごじん》かッ、助かりました！」

「いいよ、それより状況は？」

「壊滅的ですけんど、眼鏡《めがね》のお嬢さんが、死神たちを抑えてくれとります。ちょうど街から帰ってくれとって助かりました。おかげでなんとか、しかし、ユング様が――」

「ライ兄さんッ！」

頭上からの声で、ライザーは顔を真上に向ける。

純粋な驚き。いや、度肝《どぎも》を抜かれた。

キリシエが、宙に浮いていたのだ。しかもなぜか、露出の多い真っ赤なドレス姿で。

思わず、叫んでいた。

「女の子がなんて格好してるのッ!?」

「この非常時にそこですかッ!!」

キリシエは、ライザーの横に降り立ち、叫び返す。炎の爆《は》ぜる音が邪魔なのだ。

しかし、ライザーは未だに衝撃から抜け出せない。キリシエのドレスは、肩甲骨《けんこうこつ》までくっきり出てしまっていた。それどころか、背面は腰までが裸同然だ。全体的に身体《からだ》の線も見えてしまっているし、そもそも混沌《こんとん》狩りの制服ですらない。なんだそれは。

「私の神製具なんです。ああもう、だから兄さんの前で使いたくなかったのに……」

「というか、そんな格好で戦うなんて危な——」

「当たらないので問題ありません。それより、来ますよ」

キリシエの言葉通り、彼女のあとを追って五人の黒頭巾《くろずきん》が、樹上から降りてきた。

それぞれが、形の違う獲物を持っており、円を描くように囲っている。一瞥《いちべつ》する限り、どれも尋常《じんじょう》な武器ではなさそうだ。獅子面の義足と同じく、神製具かもしれない。

倒せないとは思わない。——が、この数ではちょっとした手間だ。

ライザーの顔色を読んだのか、キリシエが前に出た。

「兄さん、ここは私一人で大丈夫です。だから、ユングさんのところに向かって」

「——で、ユングはどこに?」

「小さな子ども何人かと、彼らに連れて行かれたそうです。私が来たときには、手遅れで。でも、アイネさんのところにシェパーがいるはずです。それで追えます。急いで」

「相変わらず、過保護ですね。私は誰の弟子で、誰の妹です？」

「そうか。悪いけど、任せたよ」

ライザーは、黒頭巾の囲いに向かい、片手間で一人を叩き潰してから走り去る。

去り際に振り返れば、キリシエは宙に浮きつつ、柔らかな体術で神秘売りの攻撃を捌《さば》いていた。距離の取り方や位置取りが巧《うま》く、四対一でも危なげがない。この辺りは、指導者による教育の賜物《たまもの》だろう。基本的なところが、あの人とよく似ている。

あとはもう振り返らず、アイネを探した。犬の吠える声ですぐに見つかる。

アイネは集落の子どもを集めて、火の手から離れた樹の洞《ほら》に保護していた。彼女の腕や頬《ほお》には、いくつもの擦り傷がある。顔色も悪そうだ。移動中に煙を吸ったのかもしれない。

アイネは、ライザーの顔を見るなり、息を荒くして縋《すが》り付いた。

「ライ君ッ、ユング様がッ、子どもたちがッ」

「……平気かい？」

「はい、すぐに追いかけます」

「急いでッ、ユング様が、森の外に出てしまう前に――」

アイネが語り切るのを待たず、シェパーが走り出す。

数歩先で振り返り、急《せ》かすように吠えた。

ライザーは、ホルンの無事だけ伝えてから、すぐにそのあとを追った。

結論から言えば、ライザーは間に合った。

森の中でユングたちを見つけたのだから。

しかし、そのころにはもう、彼の出る幕はなくなっていた。

ユングと七人の子どもたち。その周囲には、黒く捻《ねじ》れた四本の若木。それぞれの枝には、破れた黒い布が引っ掛かっていた。ライザーは、その意味をよく知っている。

何より、その場には《元凶》の姿があった。

樹海の君主が、目の前にいる。

樹木の竜は首を折り、ユングに向かって顎《あご》を寄せた。ライザーは仮面を閉め、竜の首筋に大王鉈を突き付ける。無言で威嚇《いかく》し、ユングから遠ざけた。

ユングが、今気づいたようにライザーを振り返る。

「糞《くそ》たわけ」

「離れて、ユング。こいつは敵だ」

「違う、此奴《きやつ》は……」

ユングが、ライザーの肩に手をやり、言葉の続きを躊躇《ためら》った。その間にも、世界樹は翼を広げる。赤黒い瞳でライザーを一瞥《いちべつ》し、暴風を引き連れて飛び立った。

「イルマンッ！」

ユングは叫び、前に駆け出る。飛び立つ竜を追い、当たり前に追いつくはずもなく、キッとライザーを振り返る。そのあとで、自分の所行を恥じるように両目を伏せた。

ライザーは、その一部始終を見ていた。だから、解せない。

「あれは、ぼくの敵だろう？」

俯《うつむ》く少女は、心の籠《こ》もらない声で「ああ」と答えた。

「キミにとっては違うの？」

空を見上げる少女は、「そうかもしれん」と答えた。


『勝ってくれ』

そう言ったはずの——その口で。

○

「少し歩かないか、糞たわけ」

そう言われたのは、襲撃の翌日だ。

ライザーはちょうど、焼け落ちた集落の片付けを手伝っていた。

ユングは、湖の小屋に戻っていたからか、落ち着きを取り戻していた。けれど、いつもの天《てん》真爛漫《しんらんまん》な様子とは、わずかに違っている。ライザーは微妙な違いを感じ取っていた。

アイネたちに一言伝えて、それで今、二人は暗い森を歩いている。

今日は、森全体を緩《ゆる》やかな風が巡っていた。おかげで蒸すような熱気は薄らいでいる。

ライザーは、飛び回る紐状の虫や、六本脚のネズミを興味深く観察する。

この場所でしか見られない、異形《いぎよう》の生き物たち。

この森は、外の常識と照らし合わせれば、間違いなく異常だろう。けれど、外とは違うバランスで、それでも確かに「一つの世界」として成立していた。

神秘的で、混沌とした、旧い世界の一類型。

半年以上もここにいて、そこに生きるものたちを知った。

アイネたちの暮らし振りも見た。

だから、今ならわかる。

良いとか、悪いとか、簡単に割り切れるものではないのだと。

「落ち着いておるな、糞たわけ」

ユングが、萌葱《もえぎ》色の髪を靡《なび》かせ、振り返る。

懐かしい灯りを持ち上げ、ライザーを照らし出した。

「うん、獣は近くにいないしね」

「まあ、そうであろう。あれらとて、明らかな格上くらいは避けて通る。それくらいの頭はあるじゃろう。けれど、私が言っておるのは、今だけのことではない」

彼女は、懐かしむように目を細めた。ライザーは「何?」と首を傾ける。

「強くなったのじゃな」

「おかげさまでね」

「ふふん、もっと褒めてもよいのじゃぞ?」

「すごいすごい」

ユングは得意げに胸を張った。頭を撫《な》でると、もっと得意げになった。腰に両手を当て、あんまりない胸を精一杯張っている。ちょっぴり背伸びもしていた。

「まっ、ほとんどなんにもしておらんがなッ!」

「本当だよね」

「本当だよねって言うなッ、糞たわけ!」

怒った振りで仮面をがちゃがちゃしながら、ユングは笑った。ライザーは苦笑いで仮面を押し上げ、大きく息を吸い込む。それとない風を装って切り出した。

「ユングはさ、このあとどうするつもり?」

「何のことじゃ?」

「世界樹を倒したあとのことだ。ずっと棘《おどろ》の森にいるの？」

「気の早い話じゃな」

「いや、近い将来の話だよ」

ライザーの返答は、予定帳を読み上げるかのように淀《よど》みなかった。

ユングはじっと表情を見定め、その言葉が誇張でないことを悟った。感嘆《かんたん》し、目を伏せて、口許《くちもと》を弛《ゆる》める。誇らしげで、でも、やや淋しそうな微笑だった。

「そうか、もうそこまで」

「サバルカさんに勝った。だから、次にエルンが鳴いたら、約束を果たそうと思う」

「すごいな、お前は。まだ一年も経っておらんのに」

「キミのおかげだよ」

「さっきも言ったじゃろう、私は何もしておらん。お前が歩み続けた結果じゃ。それにお前の場合、外見の方はともかく、中身だけなら、初めから形になっておったしな。意志の強さ、集中力、その二点において、お前は世界中の誰より優れておった」

「そんなことないよ。キミがいなきゃ、きっとダメだった。負けて立ち上がれたのは、キミが託してくれたからだ。キミが導いてくれたから、ぼくは歩き続けられたんだ。ほら、やっぱりキミのおかげだよ」

ユングは、照れ笑いを浮かべ、「意地っ張りめ」と肩を竦《すく》めた。ライザーは頰を掻《か》く。そして暖めていた本題に入るため、改めて名前を呼ぶことにした。

「ねぇ、ユング」

「なんじゃ、急に改まって？」

「嫌でなければ、なんだけど。無事に全部終わったら、ぼくと一緒に来ない？」

「お前と一緒に？」

「うん。この森もそう悪くはないけれど、ぼくの故郷とか、どうかなって。ベルトカインっていう交易の街で、ごちゃごちゃしてるんだけど、退屈しないところだ。大きな街だから、劇場だってあるし、大きな図書館だってある。市場も賑《にぎ》やかだし、時計台からの景色も――」

ユングの人差し指が、ライザーの口に添えられた。

言葉の続きを拒《こば》む動作。彼の申し出を封殺するサイン。

「勘違いするなよ、糞たわけ。お前のことを嫌っておるわけではない」

ユングは背を向け直し、先を促す。

緩やかな斜面を登り、丘の上から眼下の窪地《くぼち》を見下ろした。

そこには大きな樹木が――竜を模った巨木が――横たわっている。

「こいつ、は……？」

「安心しろ、あれは抜《ぬ》け殻《がら》じゃ」

ユングは斜面を滑るように降り、その世界樹の抜け殻に触れる。大事な思い出を懐かしむよう、目を細めた。その時間を知らないものには、踏み込めない雰囲気《ふんいき》だ。

ライザーは丘の上から動けなかった。足が竦《すく》んでいる。

彼女の様子から、嫌な予感を覚えていた。いや、ライザーは確信していた。

とても嫌な話を聞かされる。きっと、どこかで想像できていたのだろう。鍛え続けた想像力は、稀《まれ》に未来を予見させ、世界を見通すような感覚を自分に与えた。それでも、信じたくなかったのだ。だから、あんな話を持ち出して、現実を否定しようとした。

けれど、ダメだった。

自分の予感は、鋭角な現実となって、淡い幻想を切り裂いた。

ユングは窪地の底から、案山子《かかし》となった自分を見上げている。虹色の瞳は、逃げることなど許してくれない。あの瞳には、逃げる自分なんて映せない。

ライザーは死地に赴《おもむ》くような面持《おもも》ちで、ゆっくりと斜面を滑り降りる。

ユングは困ったような、淋しいような微笑を浮かべて、そっと切り出した。

「なあ、糞たわけ。大事な話、聞いてくれるか？」

〇

「整理する、時間が欲しい」

ライザーはそれだけ言うのが精一杯だった。

世界樹の抜け殻――その長い首の部分に座り、表情を隠すよう仮面を閉じる。

ユングは話し始めたときと同じく、困ったような、淋しいような微笑で「わかった、私は先に戻っておこう」と、ライザーを置いて引き返す。

遠ざかる背中が、丘の向こうに消える。

一人になったライザーは、声を殺して蹲《うずくま》った。頭を抱えるよう、両の腕を持ち上げ、掌《てのひら》で耳を塞ぐ。捨て去られた殻の上で、孤独の殻に閉じ籠もる。


『勝ってくれ』


託された願いが、閉ざしたはずの耳朶《じだ》を打った。

幾千の死さえ乗り越えてみせた意地が、はじめて揺らぐ。

それでも、それでも、それでも――、

第五章

棘の獣

Ibara no kemono

「兄さん、こちらに」

そう呼ばれたのは、ヤドリギの集落。焼け残った木材で組んだ、仮小屋の一つだ。

ライザーは低い框《かまち》を潜り、中に入る。キリシエが神妙な面持ちで座っていた。

彼女に促され、ライザーも姿勢を正して座る。彼女は、街から持ち帰ったという、大きな包みを差し出した。勧められるまま、広げてみる。

中のものを慎重に取り出し、立ち上がった。

自分の身体《からだ》に合わすよう、掲げてみせる。

「黒い――服だね」

「混沌《こんとん》狩りの制服と同じ、《銀鋼虫《ぎんこうちゅう》》の糸を織り込まれたものです。今は普通の衣服と変わらないように見えますが、外側からの衝撃に応じ、硬度を変えます。何より軽い。気休めかもしれませんが、下手《へた》な甲冑《かっちゅう》よりは役に立つはずです」

「いや、嬉しいよ。――っと、うん?」

持ち上げた服の間から、何かが落ちた。

それが床に着くより早く、ライザーは摘《つ》まみ上げる。見れば、一枚の紙切れだ。そこに書かれている下手くそな文字を見て、ライザーは微苦笑を浮かべた。

キリシエが、怪訝《けげん》な顔で首を傾《かし》げる。

「おかしいですね、混沌狩りの本部に依頼したものに、異物だなんて」

「いや、これはそういうんじゃないよ、大丈夫。それより、着替えてもいい？」

「構いませんが、それは結局、なんなのですか？」

「秘密だよ。男同士のことだからね」

ライザーはそうやって誤魔化《ごまか》しつつ、継《つ》ぎ接《は》ぎだらけの軍服を脱ぐ。

彼女に背を向け、真新しい黒衣に袖《そで》を通した。

右腕の部分だけ、袖が分かたれて大きく露出している。腕の変形を邪魔しない工夫《くふう》。大きさも、ライザーの身体に沿って作られていた。だぶつくことはなく、けれど、窮屈《きゅうくつ》でもない。動きやすい、適度なゆとりがあった。自分のために誂《あつら》えられたものと知れる。

ライザーは着心地に感嘆《かんたん》しながら、思わずといった様子で零《こぼ》した。

「戦うこと、止められるかと思ってた」

「止めたいですよ、今だって」

キリシエは考え抜いた末の顔で、彼の足下を見ている。

「でも、兄さんったら、一度決めたら止まらないんですもの。覚えていますか？」

「何をだろう？」

「昔、まだ小さかったころ、ライ兄さんに『結婚してください』って言ったとき、兄さんったら、『ぼくはキミのお兄ちゃんだから、兄妹で結婚はできないよ』って答えて」

「そんなこともあったかな」

「ホントに頑固で、石頭で、意固地《いこじ》で、意地っ張り」

「全部同じ意味じゃない？」

「いくら言っても、反省する気はサラサラないですし」

キリシエの手が、ライザーの首元に伸びる。話の間に立ち上がり、背後に忍び寄っていたらしい。着こなしを確かめるよう、指先が襟《えり》を正し、肩や裾《すそ》を整える。

そして、彼の左袖を軽く引いた。

ライザーが振り返ると、キリシエは綺麗《きれい》に育った顔で問い掛ける。

「ライザー・ゲフォン、兄をやめる気はありませんか？」

「ないよ」

ライザーは即答し、キリシエはとっくに承知していた顔で「意地っ張り」と笑った。

○

着替えた後のこと。

キリシエは、混沌狩りで行ったという調査の内容を教えてくれた。

世界樹に関する情報。あれの活動に潜む規則性――活動限界についての報告だ。

世界樹の馬鹿げた巨体は、人界の法則に照らせば、どう考えても飛行不可能な代物《しろもの》だ。キリシエ曰《いわ》く、あれは混沌の中でのみ、活動可能な生命体で、本来であれば、《棘《おどろ》の森》の外になど出られるはずがないのだという。

「私たちで喩《たと》えれば、森の外にいる世界樹は、息を止めているのにも等しい状況です。長くは活動できず、一定距離を飛ぶと必ず森に戻っています。あれにも、息継ぎが必要なんです。だから、森の近くの街しか、襲撃できない。確認されているだけで、十三回の侵攻がありましたが、そのすべてが、この推測を裏付けています」

とのことだ。であれば、森を抜けるまで低空飛行しているのも、同じ理由だろう。

限界まで混沌の濃い場所を選んでいるのだ。

混沌狩りでは、この特性を利用し、近隣住民の避難を行っているらしい。

それだけでも、森の侵食を幾分なりとも遅らせているそうだ。しかしよく聞けば、避難民の生活や移動などで、問題も頻出中《ひんしゅつ》とのことだった。ことだったが、キリシエには「兄さん、あれを倒すことだけに集中してください」と窘《たしな》められた。

「それで、あれを倒す好機ですが、一番は森に帰って来るときでしょう。力を使い切っていますから。けれど――」

「ダメだ。それだと一回、ヤツの虐殺《ぎゃくさつ》を見過ごすことになる。それに、帰ってくるときも低空を飛ぶとは限らないし。あんまり上空だと、この右腕も届かないから。キリシエのあれを着るわけにはいかないしね」

ライザーは、赤いドレスのことを思い出す。流石《さすが》にあれは、自分では着られない。

そう言うと、キリシエは「グレン・リリィは、女性専用です」と苦笑い。

正式には、浮遊飾《グレン・リリィ》と呼ぶらしい。

「けれど、この広大な森を探すのも不可能に近いでしょう。やはり戦うとすれば、飛び立つ間際。つまり、あれが、最も力を蓄《たくわ》えているとき」

「それは構わないさ。もともと、その心づもりでいたからね。ぼくが知りたいのは」

「あれがいつ、どこに向かって飛ぶのか、ですね。大丈夫です。混沌狩りの《資料室》という部署が、今までの行動から予測を出してくれました」

キリシエの語り口には、淀《よど》みがなかった。ここまでの流れは、予期していたのだろう。にも拘《かか》わらず、次の言葉を前にして彼女は躊躇《ためら》った。

眼鏡《めがね》越しの瞳が、思案の深さに応じるよう、細められていく。

「キリシエ?」

呼びかけると、キリシエは重い口を開いた。

「次に飛ぶのは、今夜だそうです。それも明け方近く。そしておそらく、向かう先は——」

縋るような、けれど、悔しいような表情で続けた。

「交易都市《ベルトカイン》です」

○

日没と同時に、ライザーは行動を開始した。

しかし、仮小屋から出た途端、動き出したばかりの足が止まる。

「どう、して……」

ライザーは左右に並んだ人垣を前にして唖然《あぜん》となった。

角《つの》を持つ人々――ヤドリギたちが、一〇〇人近く並んでいる。集落の総人口の八割だ。

「小さい子やお年寄りは、だいぶ寝てしもうたけん、ごめんな」

人垣の先頭にいるアイネが、なぜか申し訳なさそうに手を合わせている。

「いや、ごめんなって」

「みんなで送り出してあげたかったんじゃけど」

「でも、ぼくは……」

「イル様、倒すんじゃろ?」

アイネが、「わかっとるよ」と微《かす》かな諦念の混じる顔で笑った。

他の人たちも、釣られたように笑っている。その中には、族長と呼ばれている老人や、先日助けた巻角の男性もいる。そして、そろそろと近づいてくる小さな影。

ホルンが、いつもよりめかし込んだ格好で現れた。

赤い民族衣装に、白い石の並ぶ首飾り。

ライザーの前に立つと、赤い顔で俯《うつむ》いた。ごにゅごにょと小さな声で呟《つぶや》いている。

ライザーが不思議がっていると、アイネが悪い顔で教えてくれた。

「ライ君。ホルンの角、触ったじゃろ?」

「えっ、角?」

ライザーは思い出す。頭を撫《な》でたとき、そういえば当たったかもしれない。

その程度の曖昧《あいまい》な記憶だ。

けれど、アイネは「えっちじゃねぇ」と囃《はや》し立てる。

「いやでも、あれは何か、いやらしい思惑があったわけじゃ——」

「責任取ってもらわにゃおえんねえ、ねぇ、ホルン?」

アイネが水を向けると、ホルンはこくこく頷《うなず》いた。「結婚」とか呟いている。

「ええっと、ああ、その——」

ライザーは、困り切った顔で頬《ほお》を掻《か》く。ホルンが、内緒話をするみたいに手招きした。

ライザーが顔を寄せると、不意打ちで頬にキスをされる。

「頑張ってね、お兄ちゃん」

ホルンが、花の咲くように笑う。

ヤドリギの大人たちが、やんややんやと囃し立てた。

今の人たち、顔は覚えたからな。

「さっ、行きんさい、ライ君！」

アイネに背中を押し出され、ライザーは人垣の間を行く。左右に並んだ人々が、ライザーを後押しするよう、背中を叩いた。一緒に温かい言葉も添えていく。

そして、人垣の終着地点。

待ち構えているのは、萌葱《もえぎ》色の髪だ。

樹木に背中を預け、所在なげに立っている。

ライザーの姿を認め、樹木から離れた。両手を背中に回し、ツンと澄ました顔。

「心は決まったか、糞《くそ》たわけ？」

「ああ、ぼくは勝つことにしたよ」

その返答で、ユングは破顔した。

ライザーの方へ一歩近づき、「よし。ならば特別に、お前がなぜ『糞たわけ』だったのか、教えてやろう」とか言い出す。ライザーは思わず「えっ、キミの口が悪いだけじゃ……」と零《こぼ》してしまった。ユングは猛烈な勢いで駆け寄り、がちゃがちゃの刑を執行する。

「ええっと、ああ、それじゃなんで？」

戸惑いながら訊き直すと、ユングは仮面から手を離し、顰《しか》めっ面《つら》で答えた。

「そもそもお前、私にまだ名乗っておらんじゃろうが」

「えっ、うん、あれ、あっ、本当だね」

手を打って納得した瞬間、背後から「「「えええええええええッ!!」」」という大非難。さっきまで温かく見送ってくれていた人たちが、「何やってんだ」「馬鹿だ」「無礼だ」「糞たわけだ」と口々に騒ぎ立てた。真っ当な批判なので、ライザーも頭を掻いて苦笑い。

ユングはその光景に満足したのか、溜飲《りゅういん》が下がった様子。

というか、悪戯《いたずら》の成功を喜ぶような顔で、ニヤニヤと眺めている。

非難の声が引き、笑い声に変わるのを見計らって、愉快そうに続けた。

「それでお前は、なんという名前だったのじゃ?」

「ごめん。すごい今さらだけど、名前はライザーだ。ライザー・ゲフォン。最近じゃあ、《糞たわけ》って呼ばれることの方が多いけど。あとはそう、運動は苦手だったんだけど、ここ一年でだいぶよくなった。口出しの上手な女の子のおかげでね」

「ふふっ、名前以外は今さらじゃったな」

二人で少し笑い、その後で静まり返った。心地よい沈黙。

頷き合い、ライザーは集落の外へと足を向けた。仮面に手を伸ばす。

「待て。貸してみろ」

言うが早いか、ユングの手が仮面に伸びた。今度は優しく指を添える。左手が顎当《あごあ》てを押し上げ、右手が上顎を滑らせた。両顎を嚙《か》み合わせる直前、彼女は背伸びをする。

素早く軽い、けれど、甘やかな口づけだった。

ユングは、ライザーの顔が赤くなり切る前に、カチッと仮面を嚙み合わせる。そして、自分でも耳を赤くしながら、照れ隠しするよう、バシバシッと彼の背中を押し出した。

「では、これで最後じゃ。派手にぶっ飛ばしてこい、糞たわけ！」

押し出されるまま、ライザーは前に進み出る。その勢いで迷いを断ち切るよう、振り返ることなく歩き続けた。足はもう、止まらない。

けれど彼は、集落を出る間際、歓声に紛《まぎ》れる声でそっと独りごちた。

「なんだ。結局、糞たわけじゃないか」

○

集落の西側で一番高い樹木、その頂上付近。

ライザーは、木炭のような幹に背中を預け、左手でエルンブラストを握っている。そして残った右手は、あの紙切れを持っていた。黒い服に挟んであったものだ。

〈頑張れよ、ライザー〉

たったそれだけが、書き殴《なぐ》られている手紙。

あとはもう、名前さえない。けれど、よく知っている悪筆だ。向こうもそれを承知で、名乗らなかったのだろう。あとはたぶん、照れくさかったに違いない。でも、どうやって混沌《こんとん》狩りの荷物に挟み込んだのだろう。それだけが、少し不思議だった。

まあ、考えても仕方がない。この九ヶ月、《彼》にもきっと多くの変化があったのだ。その辺の話は、すべてを終えてから《彼》に聞けばいい。

ライザーは、手紙を畳《たた》んで丁寧《ていねい》に戻す。そして、仮面の奥の双眸《そうぼう》を地平線に向けた。

天地の境界は微かに明るんでいるが、太陽は出ていない。

予想通りの夜明け前。手の中で、大王鉈《だいおうなた》が鳴いていた。

地平線のわずか上方、遠くからは鳥のようにも見える影。

樹木の竜は、頭頂から尾先までをうねらせ、身体《からだ》の動きに合わせて翼をはためかせる。

遙《はる》か高みの絶対強者――世界樹《イルマンシル》。

「高いとこから見下ろして、相変わらず、偉そうだな」

ライザーは大王鉈を担《かつ》ぎ、駆け出した。

枝から枝へ、イルマンシルの進路へと回り込む。勢いの乗ったところで、枝が折れないぎりぎりの踏み込み。弾む力を利用し、跳躍した。次の枝に向かって右腕から蔦《つた》を伸ばし、振り子の要領で、仇敵《きゅうてき》の鼻先へと躍り出た。

ライザーとイルマンシル、両雄の視線が交わる。それは、温度差のある対峙《たいじ》となった。

お互いに向ける、敵意と無関心。

ライザーはそれで構わないと笑い、子細《しさい》構わず振り被《かぶ》った。

不均衡な関係を覆《くつがえ》す、鉛《なまり》色の一撃。

「とりあえず、落ちろッ」

大王鉈が、イルマンシルの鼻先に抉《えぐ》り込む。

前回と同じ構図。けれど、結果までは違う。

風切りの轟音《ごうおん》を上書きする、天地の入れ替わるような爆音。衝撃で暴風が解け、炸裂《さくれつ》した余波が、周囲の木々を丸裸にした。イルマンシルの巨軀《きょく》が、堪《こら》え切れず地に墜《お》ちる。受け止めた大地が、悲鳴とともに震えた。土煙が巻き上がり、すぐに風にさらわれる。

ライザーは手近な樹木に飛び移り、枝の向こうに横たわるその無様を睥睨《へいげい》する。

地面を這《は》うイルマンシルの醜態《しゅうたい》が、薄い煙の向こうに現れた。

「いい眺めだな。なるほど、これは確かに爽快《そうかい》だ」

嫌みが聞こえたのか、イルマンシルは頭を擡《もた》げた。

敵意の籠《こ》もった視線で、ライザーを射貫《いぬ》く。

「ぐうううううう――――グガアアアアアアあああああッッ!!」

イルマンシルが、翼を広げて襲い掛かった。

ライザーは、大王鉈を構え直し、獣の双眸で射貫き返す。

「一事が万事、騒がしいんだよ、お前はッ」

飛び立つイルマンシルに対し、重力任せに落下する。

激突する巨軀と大鉈《おおなた》が、夜の帳《とばり》に先んじて決戦の幕を開けた。


星々に満ちた上空の世界。

二枚の翼を持ち、自由自在に飛行するイルマンシル。

その竜に蔦を結び、強引に追い縋《すが》るライザー。

地理的優位は、圧倒的に前者のものだった。

火力に関しても同様だ。大王鉈が強力とはいえ、体格差を考えれば、イルマンシルの一撃に及ばない。冷静に比較するほど、彼我《ひが》の戦力差は明らかだった。本来なら、まともな勝負になどなり得ないはずだ。本来ならば。

イルマンシルが、剣山のような尾を横薙《よこな》ぎする。

「お前の動きは――」

ライザーは右腕の蔦を切り離し、駒《こま》のように回転して大王鉈を振り抜いた。

常識を覆す鋼《はがね》の巨刃が、肉厚な樹木をまとめて削り取る。一太刀《ひとたち》で尾を奪い去った。

イルマンシルの咆哮《ほうこう》も、今となっては喧《やかま》しいだけだ。

ライザーは新たに蔦を伸ばし、尾の残骸《ざんがい》を蹴《け》ってイルマンシルを追い立てる。イルマンシルは身を捻《よじ》って躱《かわ》そうとするが、その反応さえ想像の範疇《はんちゅう》だ。

「――単調なんだよッ」

加速する回転が、左翼の付け根に吸い込まれる。過《あやま》たず、片翼も落とした。

均衡を失った巨体が、空中で錐揉《きりも》みする。

ライザーは、イルマンシルの胴体を蹴り上げ、更に加速した。迫る右腕の竜爪は、視線も向けずに斬り落とす。すると今度は、胴体から無数の樹木が、槍となって押し寄せた。

しかし、ライザーの想像力は、そのすべての動きを先回りしている。

もはや擬似《ぎじ》的な未来視の域。

難なく弾き、躱し、逆に胸部の木々を大王鉈で吹き飛ばした。

そのまま、最短で頭部を狙う。

イルマンシルは首を捻り、顎を開いて迎え撃った。

ライザーは、大顎の内側に捕らえられる。

前回と同じ状況。そして再び、覆す。

「しっかりッ、味わえッ！」

噛み砕かれる寸前、イルマンシルの上顎が弾け飛んだ。

これでイルマンシルは、尾、左翼、右腕、頭部上方を損失した。

すでに竜の形は成していない。

それでもなお、残った左腕が、ライザーを狙って迫る。

「これでも生きてるってのは、やっぱり、そういうことかッ――」

ライザーは、先ほど削った胸元を睨《にら》みながら、樹木の右腕を持ち上げた。相手の一撃を受け止めつつ、仮面越しに見極める。瞬間、胸元の奥――編み込まれた樹木の向こう側に、見知った色合いを認めた。無限に変化する、けれど、どこか赤黒い、虹の双眸。

交わった右腕から、強烈な思念をねじ込まれた。


――話をしよう。


いつの日か、自分に掛けられたのと同じ声。

動きを止めた二人は、膠着《こうちゃく》状態のまま黒い森へと落ちていった。

○

グランニット大地教会。廃村と化した村に残る、古い神々を祀《まつ》る場所だ。

落下を続けた二人は、その教会の屋根を突き破った。

ライザーは樹木の右腕を突き立てて着地。入り口付近の通路に降り立った。

対してイルマンシルは、教会の奥側。両側から弧を描いて伸びる階段の先、通路より一段高くなった祭壇《さいだん》に落ちる。ライザーにとっては、またしても見下ろされる位置取りだ。

イルマンシルは、背後のステンドグラス越しに月光を浴び、まるで彼こそが、崇《あが》められる神であるかのようだった。信仰の奇跡でも演じたいのか、その場で身体を修復する。月明かりを吸収し、根や枝が蠢《うごめ》いた。それらが、頭、翼、両腕、尾の形を編み上げる。

出来上がるのは、完全なる竜の姿。

イルマンシルは、長い首を伸ばし、殊更に見下すような形で問い掛けた。

「人族の子よ、ユグドラは健在か？」

「残念だけど、そんな名前の娘は知らない」

「ほう、またぞろ『可愛《かわい》くない』などと言っているのか。では、ユングならばどうだ？」

「はっ、彼女なら、お前を『ぶっ飛ばせ』ってさ。明るく送り出してくれたよ」

イルマンシルは、木の葉のざわめきのように薄く嗤《わら》った。

赤黒い瞳は細められ、珍しい虫けらを値踏みしてくる。

「私を倒す、か。人族の子よ、その意味するところ、正しく理解しているか？」

「斬新《ざんしん》だな、上から目線で命乞《いのちご》い？」

「知らせずに送り出すか。ふふっ、あれも酷《こく》なことをする」

「なぁ、そういう訳知り顔で意味深な話し方、嫌いだな。大物ぶった演出もそれくらいにしとかないと——剪定《せんてい》するぞ、盆栽野郎」

嘲笑《ちょうしょう》が止み、怒気を孕《はら》んだ沈黙が過ぎる。

イルマンシルは尊大な姿を見せつけるよう、翼を広げ、胸を張った。

「棘《おどろ》の森は、私の半身だ。私の取り込んだ生命たちであり、私自身の身体も同義。当然、私が死ねば、すべて枯れ果てる。この帰結がわからんか、小僧」

「森から混沌が、神秘が消える……」

「そうだ。神秘の失われた世界で、神秘の結晶のような女は、どうなると思う？」

ライザーは、イルマンシルの問いに答えない。

しかし、答えるまでもなく、他の神々の事例が物語っている。

シャウザン・ヌゥルグによって神秘を焼却された世界。

多くの神々たちは、神秘の消失とともに姿を消した。曖昧《あいまい》なものを受け入れる力が、世界から失われたためだ。そして残った少数も、混沌狩りに狩られるような獣と化した。

その僅かな例外が、自然異産だ。


そのわずかな例外を失えば、当然、ユングは――

「私が森を広げるのは、あの女のためだ。ようやく悟ったか、たわけがッ」

イルマンシルは、そう吐き捨てて笑う。腕の接触の際、どうやら彼は、ライザーの記憶に触れたらしい。彼は知っている。ライザーの持つ、ユングに対する感情を。

だから今のは、それ故に出た――呪詛《じゅそ》の言葉だ。

それでも、ライザーは、

「知ってたよ」


そう応じ、笑い返した。苦悩を乗り越えたものの笑い。決意と哀愁《あいしゅう》の笑みだ。

「全部、聞いてる」

あの日、イルマンシルの抜《ぬ》け殻《がら》を訪れたときのことだ。

ユングは教えてくれた。

イルマンシルを倒せば、私も消えるだろうと。

そしてその上で、イルマンシルを止めて欲しいとも言った。

ユングは、再び語った。五〇〇年前に起きたという、英雄と魔神の一騎打ち。

その後、イルマンシルが本来の優しさを失い、森を広げようと暴走をはじめたこと。彼の意思では、暴走する自我を抑えられなかったこと。彼自身が、自分を倒す誰かのため、親樹の仮面を作ったこと。ユングは彼を止めるため、自らの力で一緒に眠りに就《つ》いたこと。

そして、彼女と彼の関係のこと。

生まれを同じくする二人。

創世の大樹の挿し木から誕生したという、イルマン・シル。

創世の大樹の果実から誕生したという、ユグドラ・シル。

姿の異なる、兄妹の話だ。

すべて教えてくれた上で、すべて覚悟した上で、ユングは託した。

「この世界は、変わってきておる。神秘や混沌のない方向に。曖昧なものを廃し、安定した時代を迎えようとしておるのじゃ。私たちの時代は、すでに過去のものじゃ。近い将来、存在したことすら忘れ去られる。いつの日か、お前の挑む戦いすら、御伽噺《おとぎばなし》に変わるじゃろう。

じゃからな、私が消えることも、気にすることはない。時代の流れじゃわい。

まっ、死ぬのが怖くないと言えば、流石《さすが》に嘘になるがな。それよりも私は、虫も殺せなかった彼奴《きやつ》が、これ以上、誰かを殺すのを見たくない。頼む、糞《くそ》たわけ。勝ってくれ。馬鹿兄貴の行いが、ただの神話になるように――」

だから、ライザー・ゲフォンはここに立つ。
世界樹を倒すために。
世界樹を倒し、故郷を守るため。
世界樹を倒し、彼女の願いを叶えるため。
世界樹を倒し、自分の意地を通すため。
その先の世界には、もう《彼女》はいないけれど。
意地を通した結末は、見届けてもらえないけれど。
それでも、それでも、それでもッ。

「んなこたぁあああああわかってんだよッ、盆栽野郎ッッッ!!」

ライザーは、最速で駆け抜ける。
ヤドリギたちの覚悟。ユングの願い。助けられなかったものたちの痛み。
それらが、背中を押す。だから、速く、迅《はや》く、疾《はや》く、動ける。
足はもう止まらない。この足が、迷いに追いつかれることはない。

自分の覚悟なら、言うに及ばずだ。

ぼくは何度だって「それでも」と叫び続けるだけだから。

○

「そこから見えますか？」

キリシエが訊くと、大樹の上のユングは「ああ、なぜか見える」と笑った。

「あいつ、とうとう空まで飛びよったわ。人間離れに拍車がかかっておるな」とも。

愉快そうでいて、困ったような呟《つぶや》き。

赤いドレスを纏《まと》ったキリシエは、スルスルと宙に浮き、彼女の隣に降り立った。

一緒になって困ったような顔になる。

「飛んでいるというより、引っ付いてる感じですね。どっちにしろ、めちゃくちゃですけど」

「ああ、まったくじゃな。あいつはずっと、めちゃくちゃじゃった。普通は嫌だとか、もう無理だとか言うものじゃろうにな。それなのにあいつ、弱音なんて吐かないのじゃ。傷だらけになっても、ぼくがやらなきゃって繰り返す。あんなのは、めちゃくちゃじゃ。どうかしておるわい」

「子どものころから、そうでしたからね」

「おかしな男じゃな、本当に」

「ええ、本当にもう」

ユングとキリシエは、揃《そろ》って笑った。

そのあとで、ユングは空を見上げたまま、キリシエに向かって言う。

「この戦いのあと、あいつはたぶん、かなり苦しむと思うのじゃ。多くのものを背負い過ぎてしまったからな。まっ、私が背負わせてしまったのじゃが。それと何より、感覚もおかしくなっておる。気づいているじゃろうが、今のあいつは、死との距離が近すぎる。何かあれば、躊躇《ためら》わずに人を殺せてしまう。そんなままでは、平和な世で生きてゆけんじゃろう？」

「ええ」

「キリシエだったか。あいつのこと、よろしく頼むぞ」

「はい、私は彼の妹ですから」

キリシエは、「当たり前です」みたいな顔で腕を組む。その横顔は、ユングが言外《げんがい》に「私は一緒にいられないから」と告げたことも悟っていた。

だから、こっそりと零《こぼ》してしまう。

「兄さんが苦しむのは、あなたがいないせいですよ……」

「今、何か言ったか？」

「はい、私の兄さん、かっこいいでしょって」

キリシエは、悪戯《いたずら》めかして誤魔化《ごまか》した。でも、半分以上は本心だ。

ユングは、キリシエの顔を見てから、上空を見つめ直す。そして、心底納得した様子で「まったくじゃな」と破顔した。

○

「何がッ、ユングのためだッ！」

ライザーは教会の廊下《ろうか》を走った。

祭壇のイルマンシルは、両翼を振るう。すると、翼から乖離《かいり》した樹木が、槍の雨となって襲い掛かった。ライザーはその先端を大王鉈《だいおうなた》で弾く。弾かれた槍は、後続の槍に当たり、次々に連鎖する。ただの一振りで、無数の槍のすべてが、ライザーを避けて床に刺さった。

ライザーのイメージが、現実を侵食する瞬間。

研《と》ぎ澄まされた想像力によって、世界を塗り替えていく。

その異様な戦法に、イルマンシルは忌避《きひ》の声を上げた。

「汚《けが》らわしい人間風情《ふぜい》が、立場を弁えよッ！」

横薙《よこな》ぎされる尾が、対象を捕らえ損ねて、教会の椅子《いす》を粉砕《ふんさい》する。

大振りで単調な攻撃。それは、イルマンシルの経験のなさを裏付けていた。《樹木化》という最強の攻撃手段。ずば抜けた才気に頼っていたものの末路だ。

崩されれば、他は意外なほどに脆《もろ》い。

ライザーは尾を躱《かわ》し、速度を落とさず突き進む。

踏み込み、跳び出し、大王鋭の射程距離だ。

「こんな独善的なやり方でッ、彼女がッ、喜ぶものかッ！」

鉛色《なまり》の一撃が、邪魔な尾を捌《さば》き落とす。

振り抜くごとに大王鋭は加速する。返す刀で左腕も砕き飛ばす。

しかし、イルマンシルも愚者ではない。怒れる咆哮《ほうこう》。反して静かに冷えた瞳。あえて単調な攻撃で、懐《ふところ》まで引きつけていた。技術の差を埋める、巨体を活《い》かした突進。

圧倒的な体格差で、ライザーを轢《ひ》き飛ばす。

「感情などッ、優先すべきは存在の維持だろうにッ！」

肋《あばら》の折れるような一撃だったが、黒い衣服が衝撃を殺した。辛《かろ》うじて骨折を免れる。

ライザーは大王鋭を押し当て、イルマンシルの軌道を逸《そ》らす。壁に叩きつけられる直前、どうにか脱出に成功。けれど、冷や汗を拭《ぬぐ》う暇はない。

あの巨体で、この俊敏性と学習力。わかっていたが、侮《あなど》れない難敵だ。感情的になってはいけない。獣の冷徹さを纏い続けなければ、不確定の未来に殺される。

「私はッ、あれを守るッ、幾千幾万の悲劇をッ、この身体《からだ》に取り込もうとッ、この意識がッ、有象無象《うぞうむぞう》どもと溶け合いッ、無様に崩れ去ろうともッ、それでもなおッ!!」

イルマンシルが、赤黒い双眸《そうぼう》を滾《たぎ》らせて吠えた。

身体の前面を覆《おお》う樹木が、槍のようにそそり立つ。急造の突進形態。黒衣を学習し、素早く対策を立ててきた。まるで一人きりのファランクス。今度の突進は、防げそうにない。

「私はッ、彼奴の兄であるがゆえにッ!!」

妹のためならば、世界の終焉《しゅうえん》さえ望む――一人の兄の在り方。

暴論も甚《はなは》だしい。今の彼には、妹以外の命が見えていない。

けれど、彼の雄叫びは、鼓膜《こまく》に残り、視線を釘付けにする。彼が纏っているのは、自分を削り続けたものだけが持つ、鬼気迫る鋭さだ。その切っ先が、対峙するものの覚悟を問う。

ライザーは、彼の在り方に自分を重ねた。少しだけ、似ていると思った。けれど、似て非なる生き様だ。自分と彼とでは、最後の一線で守りたいものが違う。

ライザーはそれゆえの退けないものを感じ、大王鉈を大上段に構えた。

「そういうの、子ども扱いって言うんだよ。ユングの覚悟を蔑《ないがし》ろにして、妹を泣かせてッ、それでいいのかッ、そんなままで本当にいいのかッ、アンタはッ!」

距離を保ち、対峙する両雄。

しかし、正面からの激突とはならなかった。

イルマンシルの双眸が、不意に歪む。はじめて見せる、苦悶《くもん》の表情だ。

けれどすぐ、感情は消え去った。

気づけば、彼の赤黒い瞳が、比喩《ひゆ》ではなく燃えていた。おどろおどろしい赤と黒の焔《ほむら》が、両目から揺れ出ている。鼻につくのは、髪の毛を炙ったかのような異臭。どうやらそれは、空気中の神秘が、焼け焦げる臭《にお》いらしかった。

そいつは、神秘を焼く——黒い焔だ。樹木の檻《おり》に封じられていた、業火の化身。

イルマンシルに巣くう悪意が、溢《あふ》れ出た。

その悪意は、イルマンシルの口を引き裂いて、口からも黒焔《こくえん》を吐き出させる。

立ち姿からも、今までとはまるきり別人だとわかった。

そこに立つのは、朧気《おぼろげ》な意識だ。

子どもの好奇心のように移り気で、手慰《てなぐさ》みで虫を殺すような、曖昧な殺意だった。

「ハッ、ハハハッ、ハハッハハッ、ハハッハハハッ、アソンデルノ？」

今までのとは違う、寒気を覚える哄笑《こうしょう》。

ライザーが身構えるより早く、教会の床を割って黒い根が伸びた。

巻き付くように足を捕らえられる。

「こんなものが通用すると——」

大王鉈を振る直前、這《は》った根から映像を見せつけられた。

這い寄り、助けを求めて縋《すが》り付く、幼子のイメージだ。樹木に変えられたものの記録。自分が守れなかった命だ。斬り捨てること、一瞬だけ躊躇《ちゅうちょ》してしまう。

翼から放たれた槍が、咄嗟《とっさ》に庇《かば》った樹木の右腕を粉砕した。

弾かれた大王鉈が、ライザーの手から離れて教会の床を滑っていく。それを見計らい、さらに大量の根が、ライザーに押し寄せる。絡まる根が、床へと縫《ぬ》い止めた。

「次から次にッ、ウネウネとッ、このッ」

「シッカリ、ウケトメテヨネ?」

無邪気な殺意が、両翼を広げた。

教会の屋根を再び突き破り、瞬く間に星々の世界へと飛翔する。

ライザーの直感は、その行動の帰結を読み切った。

あれが狙っているのは、成層圏からの自由落下。

あんな特大の質量が、星の引力を利用して落ちてくる。単純にして明快。それでいて防御不能の必殺だ。生き残る術《すべ》は、避けるより他にない。

「くそッ、エルンッ……」

右腕の樹木を伸ばそうとするが、太い根に阻《はば》まれて上手《うま》くいかない。

離れた場所に横たわるエルンが、急かすように鳴いている。わかっている、このままでは確実に殺《や》られる。しかし、絡まる根は一層強固で、喉頸《のどくび》まで絞《し》め始めた。呼吸が乱れ、意識に靄《もや》がかかる。イメージが霧散し、右腕の制御がままならない。

ライザーは、エルンに手を伸ばしながら、霞む双眸を凝《こ》らす。
視線を頭上へ。
そこに映るのは、紫に明けかかった空を引き裂く、一筋の流れ星。まさしく凶星だ。
絞《しぼ》まり続ける根。
加速する巨軀《きょく》。
届かない手。
エルンの悲鳴。
迫る必定の——死。

『何をボケっとしてやがる』

その声と同時。
遥《はる》か遠方の大地から、もう一筋の流星が、天に向かって投げ出された。
正体不明の——輝ける一条の光明。
ライザーにはそれが、槍のように見えた。
ふと思い出す言葉がある。サバルカの言葉——『天を駆ける槍』。
尾を引く光が、落下する凶星と交わった。瞬間、軌道が変わり、大きく減速する。

歪《いびつ》に錐揉《きりも》みしながら、鈍った凶星が、教会に突っ込んだ。ずれと減速。しかし、それだけでは抑えきれない破壊の波が、教会に押し寄せる。巨大な穴を穿《うが》つ巨軀は、壁も、床も、一瞬で崩壊させた。悪辣《あくらつ》な根たちもまとめて吹き飛び、ライザーは衝撃で弾き飛ばされる。

すべての感覚が、乱雑に掻《か》き回された。

グチャグチャの思考。引っ繰り返ったまま、呆然《ぼうぜん》となった。

その混乱の中で、ライザーは懐かしい声を聞いた気がした。

「それとも、要らない横槍だったか、ライザー?」

聞こえるはずのない声。それでも、確信できた。

ライザーの想像力が、遙か遠くの丘にいる、親しい存在の姿を幻視する。

槍を投擲《とうてき》した男。悪筆の主。

混沌《こんとん》狩りの制服を纏《まと》い、彼方《かなた》に立っている。勝ち気な笑顔の似合う、親友だ。

なんの確証もなかったけれど、間違いない。

約束を守ってくれたんだな、ゲイン・マンティゴア。

「負けて、いられないッ……」

ライザーは起き上がり、右腕を持ち上げた。

樹木の右腕を再生させる。

未熟だったころ、何度も繰り返した作業だ。枝や根を編み上げ、腕の形を再現する。多少

歪《いびつ》だろうと問題ない。大王鉈を拾い上げ、がっちりと固定した。二度と離れないよう、幾重にも蔦《つた》を絡ませる。そして、真新しい窪地《くぼち》に向かい、自分の敵を睥睨《へいげい》した。

そこには、傷だらけの竜がいた。

○

白い鱗《うろこ》を持ち、萌葱《もえぎ》色の鬣《たてがみ》を靡《なび》かせる、ライザーと変わらない大きさの竜。

ライザーが、肉体の内側に鎧《よろい》を纏ったのと同じことだ。

イルマンシルもまた、その外側に鎧を纏っていた。

樹木の竜の正体。剝《む》き身のイルマンシルは、起き上がろうともがいている。

今この瞬間、このまま斬りかかれば、容易にケリがつく。

けれど、ライザーは窪地を見下ろすだけだった。大王鉈を担《かつ》ぎ、イルマンシルが起き上がるのを待つ。彼の右目は、不思議な色味で燃えていた。

神秘の兄妹と同じ、無限の色彩だ。

イルマンシルの目と口からは、今でも赤と黒の焔が溢れ続けていた。

ライザーは、文句ありげに右眼を眇《すが》めた。

——用があるのは、お前じゃないぞ。


イルマンシルが、鋭く吠えた。

赤黒い炎が、苦悶《くもん》するかのように揺らめき、内側へと消えていく。代わりに浮かぶのは、かつての英雄の輝き。赤黒さを廃した、純粋な無限の色彩だ。落胤に打ち勝った、彼本来の瞳だった。イルマンシルは身体を引き起こし、ライザーを睨《にら》み上げる。

お互い、視線に込めるのは《敬意》と《自負》。

敬うべき強敵を見つけ、それでもなお、自分こそが王者であると宣言する。

二つの視線が交わり、彼らの放つ緊張が、世界中を黙らせた。

肌を刺すような緊張と、ささやかな一体感。

白い翼を広げ、旧世界の守護者《イルマンシル》は、高らかに謳《うた》う。

「神樹棘殻《ヴェルナ・バンピリア》」

全身の鱗《うろこ》から樹木が伸びる。

それがもう一度、竜の形を取った。

彼が《世界樹》と呼ばれる所以《ゆえん》の姿。英雄が生み出す、無敵の鎧で——最強の矛《ほこ》だ。

樹木の竜は再び、天高く駆け上がった。

一縷《いちる》の望みも許さない、万全の死を見舞うために。

ライザーはその後ろ姿を見送り、深呼吸の後でふと吹き出した。思い切り笑う。

「キミなら、意地っ張りだと呆《あき》れたかな……」

哀愁《あいしゅう》を打ち切り、大王鉈の感触に集中する。

できることは一つだけ。イメージし、実行すること。

想像の翼が、臨界を超える。一瞬にして、無数の未来が想起された。しかし、そのどれもが正解ではない。すべての道が、免れられない死によって閉ざされている。

けれど、まだ筋になっていない、点だけの未来図があった。微《かす》かな光が点在しているだけの曖昧《あいまい》な未来予想。おそらくは唯一無二の勝てる選択肢《し》。点在する光を筋に変える。

可能にするのは、この九ヶ月で培ったすべてだ。

普通なら何度死んでいたかわからない。

むちゃくちゃな経験で彩《いろど》られた時間は、決して生易しいものじゃなかった。

もう一度やれと言われても、絶対やりたくないし、できる気もしない。本当にどうかしているような、棘《いばら》の道だった。それでも、この棘道の先でしか、得られないものがあった。

掛け替えのない、出会いがあった。

バラバラだった未来が、次第に繋《つな》がっていく。サバルカに鍛えられた経験が、彼女に褒められた集中力が、それを一本の道へと編み上げた。その道の先に《理想の結末》を思い描く。あとはもう、実行するだけだ。これが、ライザー・ゲフォンの持つ《最強戦術》。世界樹の大技に比べれば、笑ってしまうくらい、地味な切り札だ。それでも、きっと大丈夫。なぜなら、ぼくは知っているから。

「大鉈《エルン》をッッッ――」

ぼくが折れない限り、《キミ》が負けないってことを。

「――振《ブラスト》るうッッッ!!」

○

真っ向からぶつかり合う、流星と大鉈《おおなた》。

星の引力で加速する絶大な落下と、大地の確かさから生まれた凄烈《せいれつ》な一撃。

両者の激突から生まれる余波が、世界を白く包み込んだ。

音も、色も、匂《にお》いも、手の感覚さえも消し飛んでいく。

訪れるのは、完全な空白地帯。

どこまでも静かで、彼方《かなた》まで何もない世界。

それでも一つだけ。

『派手にぶっ飛ばしてこい、糞《くそ》たわけ!』

そう笑った彼女の顔が、ちっぽけな獣の意地を支えてくれていた。

○

「はぁ……はぁ……はぁ……」

ライザーは、辛《かろ》うじて立っていた。

膝をつきそうになるのは、大王鉈に縋りどうにか堪える。

苦悶に歪むその顔は、今は露出していた。親樹の仮面は砕けて割れ、足下でバラバラになっている。破片で瞼《まぶた》の上を切ったらしく、右目の視界が赤かった。

赤い視界を巡らし、周囲を見渡す。辺り一帯には、何もない。

樹木も、集落の跡も、何もかもを丸薙《まるな》ぎにする激突だった。

ライザーは、その荒野に横たわる、唯一の異物を見る。

鎧を剝がされた白き竜。

イルマンシルが、下半身を失い、上半身だけで倒れていた。

そのイルマンシルも、ライザーを見ている。首をずり動かし、顔を向けようとしていた。しかし、致命傷を負った身体《からだ》では、それも上手《うま》くできないらしい。

「ははっ、膝すら屈しないか。キミはとっても強いんだね」

イルマンシルの声は、穏やかだった。

虹の瞳も美しいまま、憧憬するような顔をしている。

応じるライザーの声音《こわね》も、自然と柔らかくなった。

「好きな女の子が、近くにいるんだ。かっこ悪いとこ、見せられないだろ?」

ライザーの回答に、イルマンシルは笑ったようだ。「勝てないわけだ」と零《こぼ》している。

そして、少しの沈黙。お互い、体力の限界だった。

そのとき、荒野の端――黒い森との境から、少女が走ってきた。

とてとてと駆け、萌葱《もえぎ》色の髪を揺らす。息を切らしながら、イルマンシルの前に立つ。

髪を搔《か》き上げ、大きく一息。ぐんっと白い顔を持ち上げた。

「おいこら、馬鹿イルマン」

ユングは、そう言ってイルマンシルの頭に触れる。

乱暴な言葉と裏腹な、気遣うような手つきだ。それが、自分と同じ萌葱色の鬣《たてがみ》を撫《な》でる。撫でられているイルマンシルは、年老いた猫のようだ。気持ちよさそうに目を細めている。

「やあ、ユグドラ。好《い》い青年を見つけたね」

「ふふふ、よかろう。私の自慢じゃ、欲しがってもあげんからな。しかし、先に目をつけたのは、お前の方じゃったか……」

「ああ、あの腕。そうか、あのときの、でも、間違いなかっただろう？」

「ああ、相違ない。今までありがとう、兄さん。それと、さようならじゃ」

イルマンシルは、救われたように目を閉じた。

次の瞬間には、命の抜《ぬ》け殻《がら》となる。その身体が、ハラハラと崩れ出した。

白い鱗《うろこ》が、茶色の枯葉となり、世界樹と呼ばれた男が、風で舞い上がった。

同時に棘の森からも、一斉に枯葉が舞う。

森に新しい時代の風が入り、残っていた神秘が消えていく。

彼らを支えていた世界が、亡くなっていく。

ユングは、イルマンシルの最後を看取《みと》り、ライザーを振り返った。

彼女の身体からも、白い光が零れ出ている。春の微睡《まどろ》みに形を与えたかのような、柔らかな輝きだった。彼女の命が、器《うつわ》から溢《あふ》れていく。

ちょうど射し込んだ朝日が、彼女の背中をすり抜けた。

彼女も消えてしまう、そう思い知らされる。

ユングはまじまじと見つめ、感心したように目を細めた。

「泣いてはくれんのじゃな、糞《くそ》たわけ？」

「女の子の前で泣けるわけないだろ。最後までかっこつけるよ」

「意地っ張りめ」

「だから選んだんだろう?」

言えば、ユングは呆れたように笑った。ライザーに跳び着き、両腕を首に回す。

もともと軽かった体重が、いつもよりさらに軽い。

その軽さはまるで、そこにはもう、誰もいないみたいだった。

ライザーが抱き留めると、彼女は耳元で囁《ささや》くように言った。

「ありがとう。キミはずっとかっこよかったよ、ライザー・ゲフォン」

ライザーは、彼女の重みが消えるまで、唇を噛《か》んでいた。伝えたい言葉があるのに、言うことができない。口を開けば、泣いてしまうから。そして、今は泣けないから。

仮面を失った今、隠してくれるものは何もない。


だから、彼女の重みを失った後は、我慢せず泣くことにした。


誰も見ていないのだから、気にする必要はないのだ。

体裁《ていさい》など脇に投げ捨て、子どものように泣いた。

声を上げ、身体を反らし、表情をぐしゃぐしゃに歪めて、思うさまに泣き叫んだ。意地も矜《きょう》持《じ》もありはしない。情けなくても構わない。今だけは、ただの青年に戻ってしまおう。

傍《かたわ》らに突き立つエルンが、付き添うように鳴いてくれていた。

終章——新しい世界の樹

Atarashii sekai no ki

ibaramichi no eijutan

棘《おどろ》の森が消え、ヌルワーナ大陸は騒然となった。

樹木の竜の討伐《とうばつ》報告。

絶望するしかなかった人々は、歓喜に沸き、どういうことかと首を傾《かし》げた。混沌《こんとん》狩りの精鋭や多数の軍隊が、どれだけ束になろうと勝負にさえならなかった相手だ。

それを成し遂《と》げたのは、噂の、それも与太話《よたばなし》の類《たぐい》だった人物。

平凡だったはずの青年が、たったひとりで。

騒動の中心にいるライザーは、故郷のベルトカインで対応に追われていた。

近隣の為政者《いせいしゃ》たちによる、突然の訪問。大仰《おおぎょう》な凱旋式《がいせんしき》を催《もよお》そうとする、ベルトカイン議会への抗議文提出――恥ずかしいのでやめて欲しい旨《むね》。碩学者《せきがくしゃ》たちの取材。軍のあれやこれや。市井《しせい》の人々の押しかけ。なぜか持ち込まれる見合い話。混沌狩りの調査と検診――樹木化の鎮静を確認。失った仮面の力は、ライザーに宿ったままだった。右目の変化は、その影響かもしれないと、混沌狩りの医師は語った。

そんなこんなで、三ヶ月なんて瞬く間に過ぎていった。


ライザーは一息吐くため、逃げるように時計台へと走り込む。

ここに来るまでも、街頭で何度も声を掛けられた。撒《ま》くのも一苦労だ。

元同僚の軍人たちには、どうしたって顔を知られている。生まれ故郷だから、知り合いだってそれなりに。その一人にでも声を掛けられると、あとはもう雪だるま式だった。

三ヶ月も経つが、未だに人々の熱気は冷めてくれない。

イルマンシルの脅威が、それだけ凄《すさ》まじかったのだろう。

祖父の時計台は、今では数少ない隠れ家となっている。そのため、ライザーは以前にも増して通うようになっていた。それにここは、相棒の住処《すみか》でもある。

大王鉈《エルンブラスト》。

ライザーは、大王鉈の隣に座り、暮れゆくベルトカインの街を眺める。避難民の受け入れで猥雑《わいざつ》さを増した街並みは、それでも活気に満ち溢れ、苦しいながらも楽しげだ。

気持ちの凪《な》ぐ、懐かしい景色。

けれど、不意に胸の辺りがざわついた。

この場所を見せたかった相手のこと、どうしても想い出してしまう。戦いの後遺症。そう割り切ろうとするのだが、上手くいかない。

こういうとき、何か察しているのか、大王鉈は慰めるように鳴いてくれた。ライザーは気遣い屋の相棒に触れつつ、ポケットの中のものを取り出す。

掌《てのひら》に収まる徽章《きしょう》。黄金の太陽を模《かたど》ったもの。見慣れて久しい、混沌狩りの意匠《いしょう》だ。

ライザーは、自分に送られる金品や報償《ほうしょう》は、すべて断るようにしていた。しかし、この徽章だけは、受け取らざるを得なかった。大王鉈を持ち続けるためだ。

エルンは本来、混沌狩りの所有物。混沌狩りは、大王鉈の所有権を認める代わり、ライザーに混沌狩りに入ることを求めた。サバルカの代役として期待されている。

ライザーは、複雑な面持《おもも》ちで徽章を見下ろす。本当はこれすら、捨ててしまいたかった。

「やっぱりここにいたか、英雄様」

階段を上がる気配から、誰が来ているかはわかっていた。

ライザーは落ち着いて振り返り、手を挙げる。

「やっ、ゲイン」

「よっ、ライザー」

制服姿のゲインも、軽く手を挙げて応じる。その襟元《えりもと》には、太陽の刺繍《ししゅう》。肩には、頑張って回収してきたという、あのときの槍が乗っていた。

身の丈よりわずかに長い槍。

勝手に持ち出したと怒られて、なぜか今では彼の神製具だった。

名前は、跳躍槍《ガングニル》。

ゲインは、それを両肩に乗せ、両手を引っ掛けて、まるで案山子《かかし》みたいな格好だ。あろうことか、石突きの近くに荷物まで括《くく》っていた。混沌狩り秘蔵の一品に対するこの扱い。

ライザーは、やれやれと首を振った。

「その使い方、前に怒られてなかったっけ」

「堅いことをいいなさんな。それにこれ、お前さん宛《あ》てだぜ」

ゲインは槍を傾け、「ほらよ」と布袋を放った。

ライザーは両手で受け取り、「なにこれ」と尋ねる。大きさは、自分の頭くらい。

「依頼の品だとよ。よくわからんが、えらくヘンテコなやつだ」

「ヘンテコって……ああそっか、できたんだね」

ライザーは包みを開き、両目を細める。

軽い金属で出来たフレーム。それを持ち上げ、頭に被《かぶ》せた。次いで、もう一つのフレームを取り上げる。二つは一対《つい》の部品になっており、耳元でガチッと嚙み合わせた。

懐かしい重みを感じてから、慣れた手順で上下を嚙み合わせる。

ゲインが、「おおっ」と歓声を上げた。

「なるほど、それが例の仮面だったか」

「破片から再現しただけの、模造品《もぞうひん》だけどね」

「いや、でもまあ、なんだ。確かにな、妙に様になってるわ」

ライザーは、苦笑いで仮面を開く。

九ヶ月もつけていたのだから、まあ、そうあって欲しいところだ。

「――で、ライザー。用件が、もう一つだ」

ゲインが、畏《かしこ》まった表情に変わる。

今度は胸元から、羊皮紙《ようひし》を取り出した。

「お前に辞令だ。一ヶ月後までに、本部のあるテルマキアに来いってさ。あそこに行っておきたいなら、時間的に今しかないぞ」

ライザーは羊皮紙を受け取り、視線を街の外に向けた。

「そうだね。遅すぎたくらいだ」

そう呟《つぶや》いてから、思い詰めた顔で立ち上がった。

○

ライザーはエルンを背負い、枯れ果てた森に来ていた。

サバルカや、廃村の人たちに花を添えるためだ。

かつて《棘の森》と呼ばれた場所。

そこにはすでに、新たな植物たちが芽吹《めぶ》いていた。

例年よりも早い春の日射しが、緑の植物たちを包み、育てている。

どこまでも、当たり前の光景だ。見かける獣たちも、外のものと変わらない。ここも新しく生まれ変わるのだろう。どこにでもある、静かな森になる。

ヤドリギたちも、もういない。

最後に会ったのは、イルマンシルとの激闘のあと。その一度きりだ。

ヤドリギたちは、生きる場所を求めて旅に出た。

マーグランデ山脈の北側を開拓する予定だと、アイネは語っていた。ホルンは、いつか迎えに行きますと言ってくれたけれど、そのいつかは、いつになるだろう。

何もかもが、三ヶ月前とは違っている。

朽《く》ちたサバルカに花を添えてから、グランニットの跡地を訪れた。

最後の激突で、荒野と化していたけれど、それでも花を置いていく。

この光景を忘れないよう、目に焼き付けた。自分の罪を知った場所で、自分の意地を通した場所、そして彼女たちを消した場所だ。ここだけは、ずっと覚えていようと思う。

そしてその後で、ライザーはあの湖を目指した。

蔦《つた》が朽ち、穴の多くなったトンネルを抜ける。すぐに湖と小屋が見えてきた。

小屋の前に立ち、動かなくなったシズを見つけた。

神秘を失い、ただの木偶《でく》人形になったらしい。糸の切れた人形。まさにそんな感じ。動いている彼女を知っていただけに、その姿は痛ましく見えた。

ライザーは目を伏せて、小屋の中に入る。

見えるのは、シズの手入れがなくなり、埃《ほこり》の積もった家具たち。天井には抜け落ちている箇《か》所《しょ》もある。戦闘時の衝撃波が、ここにも届いたのだろうか。人の出入りがないせいか、部屋の空気は淀《よど》んでいた。

呼吸を抑えながら、ゆっくりとベッドに近づいていく。

ちょうど一年前、彼女と出会った場所。

恐る恐る、覗《のぞ》き込む。

白い布の上にあるのは、枯れて腐った花々。それだけだった。

期待していたわけではなかった。それでも目を覆《おお》い、膝をつく。背中のエルンが、床に落ちて派手な音を立てた。それも構わず、胸元を握り締める。呼吸が、苦しい。怪我《けが》は治ったはずなのに、幻の痛みは現実よりずっと鮮明だった。

樹木の槍よりも鋭く、自分の柔らかな部分を抉《えぐ》る。

目を瞑《つむ》り、歯を食い縛《しば》る。

ユングはもういない。

その現実を呑《の》み込むための儀式だった。それがこんなにも、樹木化の何倍も痛い。早鐘を打つ心臓は、今にも破れてしまいそうだった。鼓動の激しさから、右腕まで跳ねるように脈打っている。そして突然、懐かしい痛みに襲われた。

「そんな……今さらどう、してッ」

身体《からだ》中に根づいた樹木たちが、一斉に動き始めている。こちらの制御を無視して、勝ってバラバラに這《は》い回った。肉の間に根を食い込ませ、肌を突き破って枝を伸ばす。それらは腕の脈動に合わせるかのよう、絶えず暴れ続ける。

ライザーは、彼らの動きに耐えきれず、四肢《しし》をついて歯を食い縛《しば》った。

そこで咄嗟《とつさ》に思い至る。

樹木のはずの右腕が、脈打っている？

「痛むか？」

なぜかそう訊かれた気がして、咄嗟に頷《うなず》いていた。

「生きたいか？」

恐る恐る、瞼《まぶた》を開いた。

なぜだろう。白く小さな素足が、視界の上端にある。

どうにもこうにも声にならなくて、だから、黙って頷いた。

「それなら、私と一緒に生きてくれないか？」

思い切って顔を上げる。

萌葱《もえぎ》色の髪が、ほとんど黒色に変わっていた。

けれど、その程度だ。この世界の誰より、見間違うはずがない。

大きく息を呑む。口許《くちもと》を覆う。涙が頰《ほお》を伝う。仮面を引き下ろして誤魔化《ごまか》した。

けれど彼女は、それを許さない。

白く小さな手が、竜の仮面を取り外した。

ああ、幻覚じゃない。それがわかって安堵《あんど》する。でも、どういうことなんだろう。

ふと懐かしい言葉が蘇《よみがえ》った。


『不可解なこと、説明のつかないことでも起こり得る』


ユングは不満そうな素振りで、片眉《かたまゆ》を聳《そび》やかす。

細い腰に手を当てて、「どうなんだ」のポーズ。悪戯《いたずら》娘の顔。というか、自分でもよくわかっていない顔。それでいて、なぜかふんぞり返っている。意味不明だ。

けれど、彼女らしい横暴さで、思わず笑ってしまった。

ライザーは涙を拭《ぬぐ》い、立ち上がる。樹木たちはもう、空気を読んで黙っていた。


この再会が、本当に神秘の起こした奇跡だったのかは、わからない。どうせ理解など不可能に決まっているのだ。だから、事情なんてどうでもいいと、そう思うことにした。

今度は自分から、彼女を抱き締めた。

ユングは春先の花弁のように綻《ほころ》び、そっと抱き返してくれる。

開け放していた木戸から、新鮮な風が入り込んだ。小屋の淀《よど》みを掃《は》き出していく。

天井の抜け落ちから、太陽の光が射し込んだ。

どうやら今日は、いい天気だったらしい。知らなかったな。

倒れたままのエルンが、抗議するように、呆《あき》れたように、祝福の鐘のように鳴いていた。

あとがき

キリシエ・エピについて書きます。

なぜか。作者の趣味です。

眼鏡《めがね》のヒロインが、殊更《ことさら》に好きだからです。

さらに言えば、眼鏡で微妙に不遇なヒロインが好きなんです。

知らんがなと言われても、この話を断行する所存であります。

断固として、キリシエの話。ライザーやユングは、作中にたんまり出番があったので、よいでしょう。キミたちは、口絵とかでイチャイチャしていなさい。ゲインは知らない。槍でも投げてなさい。ほら、そこの隅とか空いてるでしょ。「あとがき」の下の辺りね。それから、お手に取って頂いている貴方様《あなたさま》、本編の流れに触れますので、未読の場合はご注意を。

はい。それでは、キリシエについて。

第一章において、ライザーの中では「ゲインを追い掛け、混沌《こんとん》狩りの試験を受けた」となっていますが、これは彼の誤認です。

実際のところは、「ライザーが自分を子ども扱いするので、一人前だと認めさせたい。彼の尊敬するサバルカと同じ《混沌狩り》になれば、認めざるを得ないだろう」と頭を巡らせた結果なのです。ライザーは、見当違いな答えを出してしまいましたが。

キリシエ的には、「一人前の女性と認めさせるはずが、余計な誤解を増やしちゃった」という悲しい状況。時計台での会話の後、「どうしてこうなっちゃったのかしら……」と頭を抱えて座り込んでいます。不憫《ふびん》な子です。

ちなみに、キリシエは肉親を失って以降、ゲフォン家で育てられました。一つ屋根の下という圧倒的な優位を活《い》かし、ライザーを独占していたわけです。ライザーはライザーで、キリシエを猫っ可愛《かわい》がりしていました。そんなぬるま湯に浸かっていたキリシエは、恋敵《ユング》が出現するなど、露ほども思っていなかったのです。しっかりした風で脇の甘い子です。

うん。大好きなキャラです。応募作には、いなかった子なんですけどね。

というか、応募作はヒロイン不在という、男汁全開のおっそろしい代物《しろもの》でした。キリシエどころか、ユングもいない。ライザーも血の気マシマシのキリングマシーンでしたし、だいたい、イルマンシルすら出てこない。野郎どもが血達磨《ちだるま》をこさえまくる、危ない話でした。

応募作は応募作で、愛していましたけどね。勢い任せの拙《つたな》さはありましたが、鍵盤《けんばん》を溶かすほどの熱量がありました。ああ、懐かしい。まったくあの頃のボクときたら——

閑話休題《かんわきゅうだい》。

そして何より、キリシエのどこが良いかって、見て下さい。

えいひさんによる、この美麗《びれい》なイラストを。

もう、すんッッッばらしいのです。えいひさんに『眼鏡のヒロイン』を描いて頂けたというだけで、ボクは先祖代々に対して果たすべき役目を全《まっと》うしたと言っても過言ではない。

しかも、ほら。よく見て下さい。キャラ紹介の口絵です。

賢明なる読者諸兄《しょけい》は、すでにお察し下さっているものと存じますが、あえて言及させて頂きましょう。この「完全に正妻ポジションに陣取ってくる、抜け目のない可愛さ」について。

彼女の佇《たたず》まいの正妻感たるや!!

作者ですら、うっかりメインヒロインかと思いましたよ。最高じゃん。何これ。めちゃくちゃ可愛くないですか。えいひさん、すごい仕事をして下さいました。本当にありがとうございます。「デーン」と仏間に飾っておきます。

ここでそろそろ、文字制限が近づいて参りました。

この新人野郎、本当に自作の脇キャラを自画自賛しただけで、はじめての「あとがき」を終わろうとしています。もっと書くべきことはなかったのか。

なかったのです。

それでは皆々様、気に入って頂けたなら、またいずれ。あでゅー。

二〇一七年二月　肘掛けの壊れた椅子の上にて

ダッシュエックス文庫

棘道の英獣譚

野々上大三郎

2017年3月29日　第1刷発行

★定価はカバーに表示してあります

発行者　鈴木晴彦
発行所　株式会社　集英社
〒101−8050　東京都千代田区一ツ橋2−5−10
03(3230)6229(編集)
03(3230)6393(販売／書店専用)03(3230)6080(読者係)
印刷所　図書印刷株式会社

ISBN978-4-08-631176-2 C0193